Sherlock Holmes & os Irregulares de Baker Street

Obras do autor publicadas pela Editora Record:

Sherlock Holmes e os Irregulares de Baker Street:
A queda dos Incríveis Zalindas (caso 1)

TRACY MACK E MICHAEL CITRIN

Sherlock Holmes & os Irregulares de Baker Street

O MISTÉRIO DO FEITICEIRO

CASO 2

Tradução de
GABRIEL ZIDE NETO

galera
RECORD
Rio de Janeiro | 2011

CIP-BRASIL. CATALOGAÇÃO-NA-FONTE
SINDICATO NACIONAL DOS EDITORES DE LIVROS, RJ

Mack, Tracy
M141m O mistério do feiticeiro / Tracy Mack, Michael Citrin; tradução de Gabriel Zide Neto. – Rio de Janeiro: Galera Record, 2011.
(Sherlock Holmes e os Irregulares de Baker Street; 2)

Tradução de: The mistery of the conjured man
Sequência de: Sherlock Holmes e os Irregulares de Baker Street – A queda dos Incríveis Zalindas
ISBN 978-85-01-08966-3

1. Holmes, Sherlock (Personagem fictício) – Ficção. 2. Ficção juvenil americana. I. Citrin, Michael. II. Zide Neto, Gabriel, 1968-. III. Título. IV. Série.

CDD: 813
11-4130 CDU: 821.111(73)-3

Título original em inglês:
Sherlock Holmes and the Baker Street Irregulars: The mystery of the conjured man

Publicado mediante acordo com a Scholastic Inc., Broadway, New York, NY, 10012, USA.
Este livro foi negociado mediante acordo com a Ute Körner Literary Agent, S.L., Barcelona – www.uklitag.com

Design de capa: Sergio Campante

Texto revisado pelo novo Acordo Ortográfico da Língua Portuguesa.

Direitos exclusivos de publicação em língua portuguesa somente para o Brasil adquiridos pela
EDITORA RECORD LTDA.
Rua Argentina 171 – Rio de Janeiro, RJ – 20921-380 – Tel.: 2585-2000
que se reserva a propriedade literária desta tradução

Impresso no Brasil

ISBN 978-85-01-08966-3

Para Levi Harrison Citrin

"Como regra geral, (...) quanto mais estranha é uma coisa, menos misteriosa ela demonstra ser."

Sherlock Holmes,
A Liga dos Cabeças Vermelhas

PREFÁCIO

Onde se revela uma pista

Prezado Leitor,

Mais uma vez, eu peço um minutinho de sua paciência, para me permitir essa pequena apresentação.

Se você leu o *Caso 1: A Queda dos Incríveis Zalindas*, então já sabe que Sherlock Holmes — o primeiro e mais gabaritado detetive particular do mundo — não trabalhou sozinho. Muitos já ouviram falar de seu amigo e biógrafo, o Dr. John Watson, que sempre se orgulhou das contribuições que fez para os casos de Holmes. Mas apesar de Watson ter sido um leal companheiro, dificilmente ele seria considerado um talento da ciência da dedução. E mesmo assim, até agora, ele sempre levou todo o crédito por auxiliar o grande detetive, ao passo que deixou de reconhecer quem realmente ajudou mais.

O verdadeiro auxílio a Holmes partiu de uma gangue de moleques de rua que agiam como seus "olhos e ouvidos" e desempenharam um papel central na resolução de seus crimes. Eu falo de ninguém mais, ninguém menos do que os Irregulares de Baker Street!

Esses bravos garotos foram deixados de lado por Watson — se por ignorância ou má vontade, nós nunca saberemos — e esquecidos pelos historiadores. Até hoje, seus esforços nunca foram devidamente narrados. Você não concorda que essa omissão é, por si só, um verdadeiro crime? Mais do que isso, que chegou a hora de prestar as devidas homenagens aos Irregulares?

Eu imploro: divida essa informação com os outros. Porque só assim será feita a justiça.

Mas estou me antecipando. Primeiro, o convido a viajar comigo, mais uma vez, à Londres vitoriana, uma época em que a infância era roubada das crianças, um lugar onde os pobres eram maltratados, lutavam pela existência mais rudimentar e raramente conseguiam sair da situação em que se encontravam. Nessas condições, os Irregulares de Baker Street sofriam imensamente. Porém, felizmente, através da engenhosidade e dos instintos de sobrevivência de seus líderes — Ozzie, com sua cabeça esperta, e Wiggins, cuja vivência de rua se comparava à dos mais talentosos criminosos da cidade —, a gangue conseguiu se manter.

Antes que você entre de vez nesse mundo escuro e traiçoeiro, eu preciso avisar: essa história não se dirige àqueles que têm constituições frágeis e aos fracos de espírito. O que se segue envolve trapaceiros, ladrões e assassinos! Mas, se você leu até aqui, eu imagino que tenha coragem suficiente para prosseguir. Talvez você até venha a descobrir minha identidade.

Lembre-se disso: quem narra os fatos esteve perto da ação.

E agora, como dizia Sherlock Holmes: "Vocês conhecem os meus métodos. Ponham-os em prática!"

Anonimamente,
Londres, Inglaterra
1955

CAPÍTULO UM

A curiosa morte de Greta Berlinger

Raios de luz verde giravam em torno de Konstantine, um delicado garoto de 15 anos, enquanto ele acariciava a bola de cristal.

— Essa noite, nós nos reunimos para chamar o espírito de Gunther Berlinger. Ó, espíritos, falem comigo!

O jovem rosto de Konstantine estava tomado por uma radiância de outro planeta. Sua pele era clara, com o queixo proeminente, nariz apontado para cima e cabelos louros cacheados. À primeira vista, parecia um querubim. Mas sua voz, que tinha a confiança de um adulto que conhecia bem o mundo, e seus olhos, cujas órbitas pretas firmes eram rodeadas de azul, traíam sua aparência angelical.

O quarto estava escuro. Apenas o brilho do cristal no centro de uma mesa de mogno redonda iluminava levemente o rosto dos cinco presentes.

À direita de Konstantine, sentava sua guardiã, Tara, uma mulher ossuda com cabelos pretos desgrenhados emoldurando seu rosto tristonho, e à esquerda, seu guardião, um homem de traços rudes cuja boca parecia fazer uma careta permanente, como um barco que tivesse virado. Entre eles, os visitantes de Konstantine, a Sra. Greta Berlinger e sua sobrinha, Elsa Hoff, ambas ansiosamente inclinadas nas cadeiras.

O ano era o de 1889, mês de novembro. Um vento frio soprava vindo do rio Tâmisa e batia nos vidros da janela da mansão de estilo gótico onde eles se encontravam, no bairro de Chelsea, em Londres.

— Ó espíritos do além, apresentem o homem de quem eu falo, pois sua amada o espera. — A voz de Konstantine ganhava força.

Um violão encostado num espelho que ia do chão até o teto se levantou e se pôs a tocar sozinho. A música tinha um toque simpático, distintamente boêmio.

Greta era experiente em questões de ocultismo e nunca tinha visto um fenômeno como aquele. Ela se concentrou atentamente no cristal, seu rosto macio e empoado tremendo de expectativa. Elsa procurou por cordas, manipulando o instrumento, e então fixou seus olhos verde-claros no garoto.

Konstantine cantava e assobiava no mesmo tom da melodia que saía do violão. Velhas sílabas emanavam de seus lábios. Ele grunhiu e uivou com vozes diferentes da sua habitual. As vozes ecoaram por toda a câmara, como se pessoas invisíveis estivessem cantando em volta deles.

Gradativamente, o brilho do cristal se diluiu do verde para o amarelo e daí para o branco. A cadeira de Konstantine levitou a um metro do chão e se moveu de um lado para o outro, quando ele levantou as mãos.

Elsa apertou os olhos e viu tudo aquilo sem conseguir acreditar. Greta olhava para o garoto impressionada. Ela já tinha ido a muitas sessões espíritas, mas nunca testemunhara nada parecido com aquilo, nem mesmo nas duas visitas anteriores que fizera a Konstantine. Ela apertou o lenço de seda na palma da mão, torcendo desesperadamente para que, depois de todos esses anos, voltasse a ver o marido outra vez.

Num momento, os raios que giravam na bola de cristal pararam, se juntaram e dispararam um único facho de luz branca para o teto. O violão parou de tocar e pousou no chão. A cadeira de Konstantine também desceu.

O jovem médium levou as palmas das mãos ao rosto.

— Encontrei o espírito que a Senhora tanto procura! Mas ele se apresenta de maneira relutante, pois os mortos não gostam de ser incomodados.

Greta abafou o choro, enquanto levava o lenço ao rosto.

Um segundo depois, um flash cortou o ar. Do meio de uma nuvem de fumaça atrás de Konstantine, surgiu uma aparição: um homem alto e de constituição meio bruta, vestindo uma roupa de safári. Ele tinha os cabelos brancos, um bigode largo e bem tratado; olhos castanho-escuros. Sua forma era totalmente humana, a não ser por um brilho iridescente.

Greta soltou um gritinho agudo e seus olhos se dilataram. Elsa reconheceu o tio imediatamente. Prendeu a respiração e pegou a mão da tia.

A aparição se dirigiu amavelmente para Greta.

— Minha pequena *Bisho* — sussurrou.

Greta pôs a mão no coração e gritou. Quando caiu da cadeira, pronunciou a última palavra — "Gun" — sufocando-se enquanto sangrava pela boca.

CAPÍTULO DOIS

Um visitante chega ao castelo

No movimentado West End londrino, a nordeste da mansão onde Greta Berlinger encontrou a morte, um garoto alto e magrelo chamado Osgood Manning se encostava numa carruagem grande, mas dilapidada. Ela estava sobre blocos de madeira, no meio de uma fábrica de carruagens abandonada. O lugar era úmido e desgastado, mas para ele e para o restante dos Irregulares de Baker Street que o chamavam de lar, aquele era o Castelo.

Ozzie levantou um mapa manchado de Oxfordshire, rasgado de um livro antigo. O mapa era cheio de X, que cobriam a região desordenadamente. Ele estudou as marcas atentamente, seus olhos profundos cor de safira brilhando de esperança.

— Cada X marca um lugar para onde eu enderecei uma carta à minha tia-avó Agatha — explicou Ozzie. Ele contava com a irmã de seu avô para receber alguma informação sobre seu pai.

O melhor amigo de Ozzie, Wiggins, se aproximou para ver. Ele encheu as bochechas e bufou.

— Aí deve ter uns vinte X. Vai ser preciso muita *bala*, Oz.

Ozzie examinou o amigo. Wiggins tinha meia cabeça a menos que ele, mas quase o dobro do seu corpo, cachos acobreados, olhos claros e gentis, que brilhavam como moedas novas. Geralmente, Ozzie adorava a maneira como Wiggins atacava todos os problemas com um espírito otimista e ao mesmo tempo prático. Mas agora sua avaliação sensata caiu sobre Ozzie como uma toalha molhada e fria.

— Nunca vou encontrá-la mandando uma carta para todas as cidades e aldeias daquela região. Tenho que ir lá pessoalmente.

— Mas, Oz... E se ela se mudou? Ou morreu?

A expressão de Ozzie murchou.

Wiggins reconhecia aquele olhar distante. Sabia que Ozzie tinha um temperamento sensível e era dado a ficar de mau humor toda vez que alguma coisa atrapalhava seus planos. Wiggins deu um tapa nas costas do amigo.

— Não queria *fazer você quicar*, Oz. Se você é *parvo* o bastante para partir nessa viagem, então... acho que eu também sou. Precisará de alguém para tomar conta de você.

Ozzie balançou a cabeça.

— Agradeço a sua preocupação, mas só tenho dinheiro para uma passagem. E, além do mais, quem iria tomar conta deles?

Ozzie mostrou com o braço o resto da gangue, um grupo variado de garotos, dos 7 aos 12 anos. Alguns estavam fazendo café da manhã na lareira, enquanto outros se recostavam no muro que cercava a parte de trás do Castelo. Todos tinham perdido os pais e confiavam em Wiggins para conseguir trabalho, comida e um lugar onde pudessem morar juntos.

Ozzie olhou em volta: na porta, uma pilha de mocassins de couro, costurados à mão, de vários tamanhos. No muro ao lado estava pendurada uma roda com as tarefas e, no muro oposto, um quadro desbotado de Sua Majestade, a Rainha Vitória. Ao lado do incinerador, um dos garotos tinha riscado um retângulo grande com vários menores dentro dele, indicando os cômodos: cozinha, copa, sala de estar e biblioteca, que continha uma pilha de revistas *Strand* surrupiadas. Outros itens encontrados ou roubados pontilhavam a área de trabalho: travesseiros finos, cobertores puídos, baralhos, blocos de anotações, um bule lascado, ferraduras de cavalo e um par de algemas.

O Castelo tinha realmente se transformado num lar para Ozzie nesses últimos meses. E ele se sentia grato por ter se livrado do trabalho de aprendiz no cartório e de ter um lugar ao qual pertencia. Mas tinha que pelo menos *tentar* encontrar a tia-avó Agatha. Ela era a única pessoa que poderia conhecer o paradeiro de seu pai.

É verdade que Ozzie nunca teve um amigo tão bom quanto Wiggins. Ele também tinha passado a gostar dos outros Irregulares (pelo menos, da maioria). E também era incrivelmente emocionante trabalhar para o Sr. Sherlock Holmes, detetive particular de fama internacional. Contudo, no fim das contas, nada disso podia se comparar a um reencontro com seu pai.

Nessa hora, um som de unhas arranhando vindo da porta despertou Ozzie de seus devaneios. Os outros garotos olharam ansiosos quando a porta se abriu, revelando a cabeça de um enorme animal, que parecia ser meio leão e meio cachorro.

— Aí está, garoto. Bem-vindo ao lar. Pode vir. Não seja tímido.

O cachorro se arrastou relutantemente para dentro do Castelo. Alfie, o mais novinho dos Irregulares, precisou fazer força com seu corpinho raquítico para puxar a corda da coleira.

— O que você está fazendo, Elf? — gritou Wiggins, enquanto o menino e o animal se aproximavam.

Alfie podia ser o menor garoto do grupo, mas era ele quem bolava as melhores escaramuças da turma e também possuía as maiores orelhas, que lhe valeram o apelido.

Wiggins apontou para a porta.

— Tira esse bicho imundo daqui.

— Esse aqui é o Rei Henrique e ele é um cão de caça — disse Alfie, tentando impedir que o cachorro pulasse em cima de Wiggins. Ele tinha um pelo preto espesso, que estava molhado e fosco, uma cabeça larga, olhos bem firmes e um maxilar que espumava saliva.

— Se ele é um cão de caça, então eu sou a droga do Príncipe de Gales.

Elliot riu e colocou o espeto de volta no fogo. Era um menino enorme, com cabelos ruivos flamejantes e um temperamento fogoso para acompanhar. Às vezes os garotos o chamavam de “Stitch” [“remendo”], por causa de seus talentos como alfaiate — e também pelas cicatrizes que tinha feito em mais de um vigarista, que tentara bulir com a gangue. Todas as suas partes — seus olhos duros, seus lábios voltados para baixo e até as sardas cor de laranja — pareciam emanar raiva.

Ozzie tentou encontrar em seu coração uma maneira para perdoar a natureza irascível de Elliot. Um incêndio dentro de casa havia levado sua família inteira, inclusive sua querida irmãzinha Maureen, quando era apenas um bebê. Elliot ainda acordava suado algumas noites, gritando por ela. Ozzie podia se identificar com isso. Sua mãe havia morrido há menos de seis meses. Ele ainda podia ouvir a voz dela em sua cabeça, lembrando-lhe de tomar o óleo de fígado de bacalhau para os pulmões fracos, ou incentivando-o a ler o máximo que pudesse, lhe dizendo orgulhosamente que um dia ele se ergueria mais alto do que a posição dela de camareira de hotel e realizaria um trabalho importante. Mesmo assim, pensou Ozzie, enquanto via Elliot olhar feio para Alfie e aquele cão imenso, era difícil alguém gostar dele.

— Eu tenho que dizer que eu consigo sentir o cheiro dele daqui — sorriu Rohan, do muro traseiro onde estava sentado alisando o pelo de Shirley, o furão de estimação de Wiggins. Embora ele tivesse nascido em Londres, seus pais — que agora estavam mortos — tinham vindo de Calcutá. Mas da mesma maneira que Eliott era atormentado, Rohan era tranquilo, calado e modesto. Ele também era tão forte quanto a sua altura e os garotos contavam com ele para tirá-los das situações mais perigosas. Ao contrário de Elliot, ele não gostava de se valer da força bruta. Ver alguém sofrendo — inclusive os vira-latas que andavam pelos becos de Londres — o deixava doente.

— O Rei Henrique é um tipo muito especial de cachorro, um tipo raro de fera e, além do mais, é inteligente. — Alfie puxou o cachorro mais para dentro da sala. — Olha isso aqui. Senta, Henrique. Senta.

Para surpresa dos Irregulares, o cachorro obedeceu imediatamente. Alfie ficou todo orgulhoso, colocou a corda no chão e deu um tapinha na cabeça do Rei Henrique, que era mais alta que a dele.

— Está vendo? Ele é até treinado. É um verdadeiro cão de caça e pode ajudar a gente a resolver nossos casos. — Alfie coçou atrás das orelhas do Rei Henrique. — Eu o encontrei perto do rio. Dizem que era de um vagabundo velho que se afogou. Eu ouvi dizer que um dia ele desenterrou um tesouro no rio para esse velho. — As orelhas grandes de Alfie quase bateram de tanto orgulho. Seu cabelo branco e louro parecia brilhar na luz fraca do lampião.

— E como é que um vagabundo poderia ser dono de um cachorro tão impressionante assim? — perguntou Ozzie, cético.

Alfie deu de ombros. O Rei Henrique ficou olhando para o seu novo mestre e lambeu a bochecha dele.

— Ele faz alguma outra coisa além de sentar? — perguntou Elliot, tirando o espeto do fogo para ver como estavam as duas salsichas.

— Claro. Ele conhece todo tipo de truque. Henrique, deitado.

O cachorro se esticou no chão sujo.

Elliot se sentou a alguns passos do fogo, erguendo as duas salsichas fumegantes, e demonstrou sua aprovação, assentindo.

E com isso, o Rei Henrique tirou a cabeça do chão, latiu e rosnou. Com a rapidez de uma raça muito menor, ele se pôs de pé, galopou até o lugar onde estava Elliot e pulou em cima dele, fazendo o garoto cair de costas no chão. Os outros meninos ficaram gelados.

— Socorro. O bicho me pegou. Socoooorro!

O Rei Henrique não deu a menor bola para os gritos de Elliot, se concentrando, em vez disso, nas salsichas que agora estavam no chão, ao lado da mão esticada do menino. Com um gemido leve, o cachorro lambeu o espeto que ele usara para cozinhar e saiu com ele. Sacudiu a cabeça até o espeto se livrar da carne, que ele devorou em segundos. Sua enorme língua cor-de-rosa, salpicada de pintinhas marrons, lambia o maxilar.

E o Castelo todo ecoou com as gargalhadas dos Irregulares.

O Rei Henrique decidiu explorar o local.

Enquanto o cachorro dava umas voltas perto da lareira, Alfie pegou a coleira e foi pulando pelo chão atrás dele. Fletcher e Pete saíram do caminho, enquanto Wiggins corria atrás deles.

Ozzie deu uma olhada pelo Castelo, pegou o espeto de Simpson e o ergueu na direção do Rei Henrique.

O cachorro se acalmou, trotou até onde estava Ozzie e se esfregou nele de uma maneira amistosa. Ozzie ofereceu as salsichas, que o Rei Henrique comeu entusiasmado, antes de voltar a se deitar pesadamente no chão.

As gargalhadas de Ozzie se transformaram numa tosse que quase o fez se dobrar em dois. Ele cambaleou até a carruagem e remexeu as roupas até achar o óleo de fígado de bacalhau. Tomou um gole da garrafa e aos poucos seus pulmões começaram a se acalmar.

Os olhos de Wiggins tinham acompanhado o amigo. Ao mesmo tempo, ele caminhara até Alfie, que estava deitado no chão, ainda segurando a coleira, e fez com que ele se levantasse. Sem dizer uma palavra, Wiggins apontou para a porta.

Enquanto isso, o resto dos meninos riam ou gritavam:

— O Elf ganhou um cachorrinho de estimação.

— Não é um cachorrinho. É uma vaca!

— Cão de caça? Parece mais um devorador de salsichas.

— Tira esse *sapo grande* daqui!

Com uma expressão tímida, Alfie puxou a corda. O Rei Henrique o seguia obedientemente, quando três batidas rápidas fizeram-se ouvir na porta.

Os Irregulares se paralisaram, as orelhas em pé.

Wiggins reconheceu o sinal e fez um gesto para Rohan deixar entrar o mensageiro de Sherlock Holmes.

Billy usava seu habitual casaco de lã azul, botões de bronze e um chapéu para combinar. Ao ver Rei Henrique, ele se desviou para o lado.

— Isso que é cachorro.

Alfie e o Rei Henrique continuaram caminhando calados até a porta.

Billy viu os dois irem embora, então se virou e dirigiu-se a Wiggins.

— O Mestre gostaria que você e o Oz viessem imediatamente. Ele tem uma cliente nova, cuja tia morreu numa casa em Chelsea. E ela suspeita de algum truque sujo!

Ozzie se aproximou da carruagem.

— Quem é ela? — perguntou Wiggins.

— Não sei, mas é linda! Embora se vista de um jeito meio peculiar — acrescentou Billy.

Wiggins passou o braço pelo ombro de Ozzie.

— Bem, meu amigo, parece que você vai ter que adiar essa sua viagem — disse ele, todo animado. Nada, a não ser comida, deixava Wiggins mais animado do que a perspectiva de pegar um caso novo. E ele não podia imaginar entrar num sem a presença de Ozzie.

Ozzie pensou por um momento. Uma morte misteriosa, uma bela senhorita. Parecia intrigante demais para deixar passar. Embora Ozzie quisesse encontrar seu pai mais do que qualquer outra coisa no mundo, era difícil começar uma viagem que ele sabia muito bem que poderia se transformar em uma baita decepção.

— Está tudo bem. Acho que já esperei muito tempo...

— Ótimo — concordou Wiggins.

— Então vamos — disse Billy.

Ozzie se dirigiu até um gancho na parede e colocou o chapéu-coco. Depois, com um breve aceno de cabeça para a gangue, os três meninos saíram pela porta para aquela manhã fria de novembro.

CAPÍTULO TRÊS

A história de Elsa Hoff

Elsa Hoff, uma esbelta jovem de 19 anos de idade, era pequena e ágil. Tinha lábios carnudos e naturalmente vermelhos e prendia seus cabelos castanhos num coque. Wiggins achava que ela parecia um tipo de pássaro exótico que vira no zoológico de Londres. De tão fascinado, ele só percebeu, depois de estudar o rosto dela, que Elsa estava vestindo as roupas de luto de um *homem* rico e jovem: calça cinza listrada, camisa de linho branco sob medida, gravata de seda preta, fraque até os joelhos e botas de cano alto. Ele achou que ela estava muito bem.

Eu gostaria tanto de cantar uma música bonita para ela, sonhou ele. Talvez até convidá-la para jantar. Em sua imaginação, ele cantou:

Foi lá nas barracas de Swansea
Numa manhã de maio que eu por lá andava
Enquanto via os soldados
Acabei espiando uma linda donzela

E foi sobre o rosto vermelho e rosado dela
Que as lágrimas se derramavam
Pensei que ela fosse uma fada ou uma deusa
A namoradinha da cidade de Swansea.

Enquanto isso, Ozzie estava decorando o rosto de Elsa. Passou os olhos pela bem arrumada sala de estar de Sherlock Holmes. Já tinha ido lá várias vezes, mas os detalhes ainda o fascinavam: frascos para experiências químicas alinhados numa mesa de carvalho; um violino em cima de uma pilha de livros na mesa; um chinelo persa cheio de tabaco na moldura da lareira; e, na parede acima dela, as letras *V* e *R* marcadas a bala! Quando finalmente os olhos de Ozzie foram parar em Wiggins, sentado a seu lado na poltrona de veludo, ele percebeu os lábios do amigo se mexendo calados. Ele sabia que Wiggins estava cantarolando e lhe aplicou uma leve cotovelada nas costelas.

Elsa sorriu para os garotos e então se virou para Sherlock Holmes com um olhar inquisitivo.

O grande detetive estava em pé junto à mesa e fumava seu cachimbo, como quem não quer nada. Alto e magro, com olhos intensos e argutos, e o nariz adunco, ele emitia uma firmeza de águia.

— Não precisa se preocupar, Srta. Hoff. Esses dois rapazes são meus assistentes. Eles vão manter as suas declarações em sigilo. Tenho confiança absoluta. E não é exagero algum dizer que chefes de Estado já fizeram isso em outras questões.

O peito de Wiggins ficou todo cheio de orgulho. Ozzie sentiu as bochechas ficarem vermelhas.

Watson, que estava sentado em frente a Elsa, grunhiu:

— Imagino que, de vez em quando, eles sejam de alguma utilidade.

— Vejo que a Senhorita às vezes faz discursos em público em prol de uma causa, do voto feminino provavelmente — observou Holmes friamente sobre Elsa. — Apreciaria se a Senhorita tivesse o mesmo cuidado de me falar claramente e de proporcionar todos os detalhes dos acontecimentos que a trouxeram até aqui.

— Sr. Holmes, já ouvi falar dos seus poderes de dedução. No meu estado atual, estou amolada demais para lhe perguntar sobre isso agora, embora possa imaginar que isso tenha alguma coisa a ver com a minha roupa.

Holmes assentiu levemente com a cabeça, depois fez um sinal com o braço para Elsa continuar.

Ela olhou para baixo e respirou fundo.

— Como já expliquei antes, eu vim vê-lo aqui, Sr. Holmes, por causa da morte da minha tia e tutora, Greta Berlinger. Embora ela fosse 26 anos mais velha do que eu, nós éramos muito próximas, quase como irmãs. Ela me deu tudo, Sr. Holmes: educação, viagens pelo Continente, apresentação às pessoas de sociedade e a liberdade de viver a vida como eu bem entendesse. Tudo o que tenho a oferecer ao mundo, ela é a responsável.

Elsa fez uma pausa, tirou um pequeno lenço da manga e secou os olhos, calada.

— Minha tia era uma pessoa muito independente e não exatamente uma mulher tradicional, mas tinha uma grande compreensão das regras da sociedade. E ela me educou basicamente da mesma maneira. Para respeitar os valores do nosso tempo e ao mesmo tempo pensar com a minha própria cabeça.

Elsa olhou para a própria calça.

— Ela era generosa e não só comigo, mas com uma série de associações e instituições de caridade. Sua única... excentricidade... dizia respeito a uma preocupação com o mundo mediúnico e com o Espiritismo. Ela era uma leitora voraz da *Light Weekly* e frequentemente patrocinava e participava de sessões espíritas. Posso lhes garantir, Senhores, que sempre fui muito cética a respeito do envolvimento da Tia Greta com o Espiritismo. E, às vezes, ficava até irritada com isso. A maioria desses denominados agentes do mundo mediúnico eram farsantes descarados, que tiravam vantagem da minha tia financeira e emocionalmente. Mesmo assim, não posso negar que, de vez em quando, via coisas que eram difíceis de explicar.

Ozzie e Wiggins olharam um para o outro. Que tipo de coisas?, pensou Ozzie.

— Minha tia perdeu o marido há 16 anos — continuou Elsa. — O Tio Gunther foi o grande amor da vida dela. Ele era um homem arrojado, com um charme respeitável que o antecedia onde quer que fosse. Ele cortejou a minha tia quando ela era ainda bem jovem. Eles eram bôeres que moravam juntos num rancho no Transvaal, na África do Sul.

— Como foi que o seu tio morreu? — perguntou Holmes.

— Os detalhes da morte dele nunca ficaram muito claros para mim. Tudo o que sei é que ele se afogou durante uma expedição de caça da qual a minha tia não participou. Alguns meses depois da morte dele, descobriu-se ouro no rancho da Tia Greta. Ela entabulou uma série de negociações e vendeu a propriedade para uma mineradora. Saiu da África do Sul e se mudou para a Inglaterra, como uma mulher rica.

"Pouco depois da chegada dela a Londres, minha tia e eu começamos a passar bastante tempo juntas. Ao longo dos anos, ela se importou muito em desenvolver as minhas atuais paixões: a música, o teatro e o direito ao voto feminino. E, depois que os meus pais morreram, ela se tornou minha tutora. Nós não temos outros parentes.

"Nos últimos cinco anos, o interesse da Tia Greta pelo Espiritismo aumentou. Como eu já disse, ela patrocinava uma boa quantidade de médiuns e outros sujeitos místicos, e alguns deles recebiam quantias imensas de dinheiro para ajudá-la a entrar em contato com o Tio Gunther. Embora alguns desses médiuns proporcionassem certo conforto para a Tia Greta, nunca ninguém conseguiu invocar o espírito dele."

Nesse ponto, ela fez uma pausa e ficou olhando para Holmes. Ozzie notou um traço de irritação no olhar dela. Ele se virou para o Mestre, que não a escutava mais atentamente, porém em vez disso rolava os olhos para cima e estalava a língua.

Watson lançou a Holmes um olhar de desaprovação.

De sua parte, Wiggins estava perturbado pelo fato do Mestre não estar dando à Srta. Hoff os bons modos que ela merecia. Afinal de contas, ela era uma jovem dama, não muito mais velha do que ele, e tinha acabado de sofrer uma perda terrível.

Ozzie já tinha visto essa impaciência do Mestre em outras situações. Geralmente surgia por ele não gostar do cliente em potencial, ou não simpatizar com o caso. Nesse momento, parecia bastante claro que Holmes respeitava Elsa, portanto o problema estava nitidamente com o caso.

— Eu lhe asseguro, Sr. Holmes — continuou Elsa —, que qualquer ceticismo que o Senhor tenha em relação a médiuns coincide inteiramente com o meu. E, como o Senhor já vai ver, o mundo do Espiritismo teve um efeito muito mais dramático na minha vida do que na sua.

Holmes encarou Elsa nos olhos.

— Srta. Hoff, não duvido nem por um momento da sua credibilidade, nem da sua integridade. Os detalhes que a Senhorita proporcionou no seu relato até aqui são exemplares. Rogo que continue.

Ele levou os dois indicadores aos lábios e esperou.

— No ano passado, minha tia passou a sofrer de alguns problemas de saúde, inclusive de uma fraqueza no coração. Seus médicos lhe explicaram que, se ela não passasse por fortes emoções, tudo ficaria bem. Mas, apesar das advertências deles e das minhas, ela se recusou a mudar de vida. Continuou procurando a ajuda dos místicos. Aliás, os problemas de saúde deram ainda mais urgência à sua ânsia de fazer contato com o meu tio. Ela gostava de dizer que era importante colocar todos os seus assuntos em ordem antes de falecer.

"Há cerca de seis meses, a Tia Greta descobriu um jovem médium bávaro chamado Konstantine, cujos poderes tinham fama de serem insuperáveis. Tia Greta escreveu para ele e planejava fazer uma viagem até Munique, para poder conhecê-lo. Mas a viagem foi cancelada por causa de um ataque cardíaco que a deixou de cama por várias semanas.

"Por obra e graça da Providência, Konstantine veio a Londres há dois meses. A Tia Greta e outras cinco pessoas, inclusive eu, fomos convidadas por ele e seus guardiões, Tara e Christopher Brown, a uma sessão na casa dele.

"Quando o Konstantine viu minha tia pela primeira vez, me lembro que ele pegou na mão dela e disse: 'Deve ser muito difícil para a Senhora procurar há tanto tempo o seu coração. Eu posso ajudá-la.' O garoto tinha uma presença marcante e, quando ele falou, olhou docemente para a Tia Greta, com aquele rosto angelical e aqueles olhos do outro mundo. Pensei que ela fosse até desmaiar. A sessão em si foi como muitas outras a que já tinha comparecido, mas o Konstantine impressionou visivelmente a minha tia e depois ela pagou um adiantamento para garantir os serviços dele no futuro."

Observando Holmes, Ozzie podia ver que o grande detetive estava fazendo um enorme esforço para manter a fisionomia impassível e esconder seu ceticismo. Ozzie tentava fazer o mesmo.

— Na segunda sessão, fomos só nós duas com Konstantine e seus guardiões. Dessa vez, objetos levitaram. O garoto conseguiu atrair vozes e fez um ectoplasma aparecer do nada. E ele deu informações sobre o passado da minha tia que nenhuma pessoa viva, além dela, poderia saber. Depois disso, minha tia ficou totalmente enfeitiçada pelo Konstantine. Tara, a guardiã, assegurou que na próxima sessão eles chamariam o espírito do Tio Gunther. A Tia Greta assinou um cheque em favor de Konstantine de uma soma tão grande que daria para sustentar uma grande família por vários anos.

De repente, Elsa começou a chorar.

Wiggins e Watson se levantaram e foram oferecer apoio, mas Elsa enxugou os olhos, respirou fundo e educadamente os dispensou.

— E o que aconteceu na terceira sessão é o motivo pelo qual eu vim até aqui. — Elsa passou a descrever, passo a passo, a noite inteira, inclusive o aparecimento do fantasma de Gunther e a morte da tia.

Enquanto ela falava, Ozzie não podia deixar de se lembrar da voz de sua própria mãe falando com ele do mundo dos mortos. Sua amiga Pilar a havia chamado. Se não tivesse sido Pilar a fazer a leitura para ele, Ozzie teria descartado o incidente como uma espécie de truque. Mas Pilar era de confiança — e tanto ela como a mãe eram ciganas. Os poderes estavam no sangue. Ozzie tentou imaginar sua mãe sendo chamada e se materializando da mesma maneira como o tio de Elsa, mas esse tipo de pensamento o perturbava.

Ele se virou para Wiggins, que olhava para as próprias pernas, evitando o contato visual com Elsa. No que ele estaria pensando?, perguntou-se Ozzie. Wiggins nem sempre era um investigador articulado, mas era capaz de ler as pessoas melhor do que qualquer um.

— Srta. Hoff, por gentileza, descreva em detalhes a aparição que a Senhorita viu — perguntou Holmes com firmeza, enquanto ia até o consolo da lareira.

Elsa remexeu a bolsa e tirou de lá um pequeno envelope, de onde tirou uma pequena foto. Ela a passou a Holmes.

— Tinha exatamente esse aspecto, menos a pele, o cabelo e o bigode, que pareciam ter recebido uma camada de pó de arroz. Ah, e ele brilhava.

Holmes examinou a foto.

— Ele parecia mais velho do que isso?

— Ele se parecia exatamente como nessa foto, tirada há 16 anos, congelado no tempo.

Holmes passou a foto para Watson. Depois de examiná-la, ele a colocou numa mesinha ao lado de Ozzie, que se debruçou para ver. O homem que ela mostrava parecia um aventureiro, pensou. Sua constituição era atlética, os olhos bem vivos. Seu queixo era empinado, a boca ligeiramente aberta e ele parecia ser elegante e confiante. Mesmo assim, Ozzie ficou intrigado com um pequeno detalhe: parecia que ele tinha sido pego rindo de uma piada que não havia entendido.

Holmes olhou fixamente para Elsa.

— E como foi que essa aparição *des*apareceu?

— Não tenho muita certeza. Fui cuidar da minha tia no primeiro momento que vi que ela ficou perturbada e a figura desapareceu antes de me dar conta.

— A palavra usada pela aparição, *Bisho*, parece ser uma espécie de apelido, num dialeto africano. A Senhorita já ouviu falar?

Elsa sacudiu a cabeça.

Holmes andou de um lado para o outro, na frente da lareira.

— Não me lembro de ter lido a respeito da morte da sua tia nos jornais. Acho isso muito surpreendente, considerando o quanto as circunstâncias foram inusitadas. No mínimo, esperava ler sobre um inquérito.

Ozzie percebeu que Holmes não tinha dito aquilo como uma pergunta. Ele estava dirigindo a conversa, como se a resposta tivesse que ser simplesmente confirmada.

Antes que Elsa pudesse responder, Holmes continuou:

— A Senhorita providenciou para que Elsa fosse discretamente retirada daquele lugar e enterrada numa cerimônia particular, evitando o escândalo e as autoridades. E foi por isso que veio a mim, em vez de ir à polícia, não é verdade? — Holmes fez essa última pergunta, demonstrando quase simpatia.

Elsa fez que sim, contendo as lágrimas.

— Embora a minha tia fosse uma mulher pouco convencional, não queria que a morte dela virasse um escândalo... ou ver sua memória maculada.

— A Senhorita percebe que o que fez pode ter sido contrário às leis — disse Holmes.

Elsa voltou a assentir, solenemente.

— Konstantine e os seus guardiões devem ter exigido um valor bem alto pelo silêncio e pela assistência deles.

As palavras saíram da boca de Ozzie, antes dele perceber que tinha dito aquilo em voz alta.

— Imagino que você tenha razão, Osgood — concordou Holmes, assentindo.

— É verdade — confessou Elsa, enxugando os olhos e se recompondo. Ela não podia deixar de notar que aquele garoto raquítico, chamado Ozzie, se parecia muito com Holmes.

— Aquela mulher, Tara, era muito fria, calculista e parecia se divertir com a perspectiva de expor o caso nos jornais. As únicas coisas que podiam contê-la eram o meu dinheiro e a minha insinuação de que uma morte na casa dela poderia ser ruim para os negócios.

— Bando de abutres! — exclamaram Watson e Wiggins ao mesmo tempo e então olharam um para o outro, embaraçados.

— Concordo — disse Holmes, se afastando e atravessando a sala inteira. — Mas a verdadeira pergunta é: Konstantine e companhia cometeram um crime?

CAPÍTULO QUATRO

Holmes analisa os indícios

O ar na sala do nº 221-B da Baker Street estava cheio de expectativas, enquanto o grande detetive ordenava seus pensamentos.

— A senhorita compreende, srta. Hoff, que eu só me digladio com os males deste mundo, e não os do além. — Ele se virou para encará-la, perto das cortinas. — Através do meu trabalho, conheci todo tipo de ser humano, mas ainda tenho que ser apresentado a um espírito. Aprecio a sua narrativa tão bem-feita e a morte da sua tia é realmente uma tragédia. No entanto, tenho as minhas dúvidas se algum crime foi mesmo cometido, por mais desagradáveis que sejam essas pessoas. — Ele se virou para observar a rua lá embaixo.

Ozzie sentiu o rosto ficar vermelho de decepção. A mesma expressão tomou conta dos outros.

— Senhor... — Elsa fez uma pausa até Holmes voltar a encará-la. — confesso que não posso explicar racionalmente o que testemunhei. Mas acredito que o infarto fatal da minha tia foi induzido por aquela gente. O Senhor não gostaria de expulsar as sombras do lugar onde essas pessoas se escondem?

— Holmes, você precisa! — rogou Watson.

Holmes o ignorou, com um gesto de seu longo braço.

— Não se preocupe, Watson. Srta. Hoff, me pergunto se tem alguma coisa que possa fazer para levar esses vigaristas à justiça. E, no entanto, as circunstâncias que cercam a morte da sua tia são tão incomuns que eu estaria me omitindo, se não investigasse um pouco mais.

Pela primeira vez desde o início da entrevista, Elsa sorriu, com gratidão e alívio aparecendo em doses iguais em seus lábios.

Wiggins aplaudiu baixinho.

Watson disse:

— É assim que se fala.

Depois de receber o endereço de Konstantine e de como entrar em contato com Elsa, Holmes indicou com um gesto superficial que a entrevista estava encerrada.

Elsa se levantou e ofereceu a mão a Holmes, que a tomou. Watson e os garotos também se levantaram. Watson se curvou e Wiggins também.

Quando Elsa já estava saindo, Holmes levantou o dedo indicador esquerdo.

— Ainda tenho mais uma pergunta a lhe fazer, srta. Hoff.

Elsa parou no corredor.

— Quem são os beneficiários do testamento da sua tia?

— Sou a única beneficiária, sr. Holmes — respondeu ela, objetivamente.

— Nesse caso, preciso insistir que, se alguma coisa de incomum lhe acontecer nesses próximos dias, a senhorita entre em contato comigo imediatamente.

Elsa concordou muito séria e saiu do apartamento.

Depois que ela saiu, Holmes exalou um suspiro baixo.

— Watson, meu amigo, no que eu me transformo quando concordo em investigar um caso onde o suposto assassino já está morto?

— Mas, Holmes, você tem que admitir que as circunstâncias em si são muito inusitadas.

— O que você pensa que é inusitado, para mim não passa de um mero artifício.

Ozzie admirava o jeito científico como Holmes encarava os mistérios do mundo e acreditava piamente naquela filosofia. No entanto, como Elsa, ele também tinha passado por coisas que eram difíceis de se explicar.

Wiggins, por seu lado, esperava chegar ao X da questão o mais rápido possível. A srta. Hoff era uma moça bonita demais para carregar um fardo como aquele e não tinha uma alma no mundo para cuidar dela. Apesar de ser mais velha, era uma órfã igual a ele e aos outros Irregulares. Rica, mas mesmo assim uma órfã. Ele pensou nas histórias do Rei Arthur que o Ozzie às vezes lia em voz alta para a turma. As expedições eram uma questão de honra, geralmente empreendidas para o bem de uma jovem donzela. Wiggins se sentiu orgulhoso e arrebatado por pensar assim. Esse caso não era só um trabalho para o Mestre. Também era um assunto pessoal.

Holmes bateu palmas e falou rispidamente, fazendo com que Wiggins prestasse atenção.

— Embora eu questione a essência dessa questão, nós temos trabalho a fazer. Meninos, preciso que vocês montem guarda na casa de Konstantine. Parece ser um endereço bem respeitável em Chelsea.

"Por favor, observem as entradas e saídas de todos os ocupantes do lugar. Se quiserem ver o que se passa lá dentro, vejam, mas sem correr riscos. Osgood, como sempre, tome nota de tudo o que descobrir.

— Sim, senhor — concordou Ozzie.

Holmes distribuiu moedas aos garotos.

— Um xelim por dia, fora as despesas, e um guinéu extra para o garoto que me trouxer a pista mais importante. Lembrem-se: é para vigiar o lugar e me trazer as notícias aqui. Mais nada. — Holmes parou e olhou duro nos olhos de Wiggins e Ozzie. — Não quero nenhum ato de heroísmo, meninos. O nosso trabalho deve ser estritamente metódico. De minha parte, vou investigar a história desse tal menino-prodígio, Konstantine.

Uma vez chegados à Baker Street, Ozzie perguntou a Wiggins o que ele achava daquilo tudo.

— Você sabe que eu não acredito nessas coisas de mágica — respondeu o amigo. — Eu vivo nas ruas desde muito pequeno e sempre vi muita coisa feia. Mas, como disse o Mestre, é tudo obra das pessoas, e não dos espíritos.

Ozzie concordou.

— Você sabe que eu também sou científico e procuro seguir os métodos do Mestre da melhor maneira possível. Mas lembra de como a Pilar conseguiu invocar a voz da minha mãe? Parecia bem real.

— Não se pode explicar tudo, Oz, mas isso também não quer dizer que os espíritos fiquem andando por aí. Em algum momento, você tem que decidir no que vai acreditar.

Ozzie estava impressionado com a segurança de Wiggins. Quando ele decidia alguma coisa, estava decidido. E isso explicava por que ele tinha conseguido sobreviver tanto tempo sozinho.

Voltando a cabeça para o caso, Ozzie sabia que eles deviam aplicar os métodos científicos de Holmes. Mas se os Irregulares estavam investigando quem praticava o Espiritismo, não seria no mínimo útil entender os métodos deles?

Um plano começou a tomar forma na cabeça de Ozzie.

— Wiggins, você junta toda a turma e prepara a vigilância. Vou consultar a Pilar e a Madame Estrella. Como elas são videntes, podem ter alguma informação que possa nos ajudar. Quem sabe elas não conheçam até o próprio Konstantine?

Wiggins saudou Ozzie antes de se separarem.

— E começa a nossa jornada.

CAPÍTULO CINCO

Madame Estrella dá uma pista a Ozzie

O mercado de Covent Garden fica no meio de uma enorme praça de pedras arredondadas, cercada de edifícios comerciais. A grande estrutura, que faz lembrar os Banhos Romanos, estava cheia de clientes, vendedores e apetitosas verduras, frutas e flores.

— Maçãs! Comprem suas maçãs aqui!

— Rosas! Pétalas perfumadas do céu!

Ozzie encontrou Pilar ao lado de uma pequena barraca de frutas. Ela usava um casaco cor de esmeralda, alguns tons mais escuro do que seus olhos, um lenço de flores sobre os cabelos pretos, pulseiras e brincos grandes. Ela erguia o que parecia uma pera amarela e madura, e chamava, numa voz melodiosa:

— Marmelos! Macios, maduros e deliciosos! Marmeeelos! Uma doçura do outro mundo! Marmelos!

Ao lado dela, um velho com sulcos bem cavados na pele olhava com raiva para cada pessoa que passava por sua barraca.

Ozzie notou que Pilar parecia cansada, ou talvez só estivesse aborrecida.

Quando viu Ozzie, o rosto dela se iluminou. Deu um pulo, se afastou da barraca e o abraçou.

— Onde foi que você andou?

Ozzie se retesou ao receber o abraço, embora também estivesse contente de ver Pilar. Eles tinham se conhecido durante o caso das Zalindas, no qual o auxílio dela provou ser fundamental.

— O Mestre tem mantido a gente ocupado. E andei planejando a minha viagem — contou ele.

Pilar cruzou os braços e cerrou as sobrancelhas.

— Eu tenho me esgoelado aqui até ficar rouca, vendendo frutas para um velho enjoado, e tendo aula à noite numa escola chatérrima, enquanto vocês, meninos, ficam com toda a diversão.

— Pilar, *¡a trabajo!* Hora de trabalhar! — gritou o velho vendedor de marmelo.

Pilar o ignorou e continuou:

— Desde que a gente saiu do circo, a Mamá passou a impor muitas restrições. Fui proibida de fazer leituras nas ruas, o que me dava mais dinheiro do que trabalhar para este *viejo*. E olha só essa: a Mamá me disse que nós não somos ciganos de verdade, mas totalmente espanhóis. Ela inventou a descendência romani para dar mais credibilidade às nossas ações. — Um olhar de preocupação cobriu o rosto de Pilar. — Ela quer que eu me transforme na própria *señorita* e foi por isso que a gente se instalou em Londres, em vez de ficar viajando com o circo Grand

Barboza. Não sei como posso virar uma lady vendendo isso aqui. — Pilar pegou um marmelo e o mordeu. — Continuo não acreditando que a Mamá mentiu para mim. — Ela podia sentir um aperto no peito, raiva, indignação, mágoa, não sabia bem o quê, talvez todos os três juntos.

Quer dizer que a Pilar *não era* uma cigana?, pensou Ozzie. E a tal leitura que ela fez para ele? Será que era só um embuste?

Pilar leu o que ele estava pensando.

— Eu *entrei em contato* com a sua mãe. Não foi enganação.

Ozzie fez que sim, mas sem ter certeza.

Pilar percebeu que ele estava em dúvida e isso a magoava.

— Eu não iria mentir para você. — Então, deixando a mágoa de lado, ela disse: — Você deve ter uma razão para vir me ver. É um caso novo, não é?

Ozzie voltou a fazer que sim.

O humor de Pilar melhorou.

— Enrique, a Mamá está me chamando — disse ao velho. — *Hasta luego*. Vejo você depois.

Ela pegou Ozzie pelo cotovelo e saiu com ele do mercado.

— Você não vai ser despedida? — perguntou ele, virando-se para ver o vendedor brandindo um punho para ela e a amaldiçoando em espanhol.

— *Ojalá*. Bem que eu queria. Mas Enrique é amigo dos meus tios e vai fazer tudo o que a Mamá mandar.

Pilar conduziu Ozzie para fora da grande praça que rodeava o mercado e depois passou por uma rua estreita. Ozzie costumava ir visitar Pilar e a mãe, Madame Estrella, desde que elas saíram do circo, mas ele continuava se perdendo nas ruas sinuosas que levavam ao apartamento delas.

Eles entraram por uma porta aberta, onde uma velha senhora estava sentada numa cadeira, espantando moscas. Dois lances de escada acima, os corredores tinham o cheiro de peixe, azeite queimando e de alguma coisa forte e almiscarada. Tudo isso deixou o estômago de Ozzie meio embrulhado.

Quando eles entraram no apartamento, Ozzie teve que se controlar com tantos cheiros — jasmim, flor de laranja e incenso — e tossiu. Pilar deu-lhe um tapinha nas costas.

As paredes e o teto do apartamento eram todos adornados com tecidos coloridos e o chão era coberto por um tapete macio. Uma pequena mesa redonda com uma bola de cristal ficava no meio da sala, cercada por três cadeiras. Almofadas bordadas se espalhavam pelo chão e duas janelas deixavam passar um estreito facho de luz. Uma chaleira fervia num pequeno fogão no canto.

Madame Estrella surgiu de um dos quartos dos fundos. Era uma mulher alta e deslumbrante, com olhos verdes felinos, sedosos cabelos pretos e a postura de uma aristocrata. Seu longo caftã vermelho acentuava ainda mais a aparência exótica.

— Pilar, o que você está fazendo aqui? — Sua voz, grave e com sotaque, não parecia feliz.

— O Ozzie precisa da nossa ajuda para um caso do sr. Holmes, Mamá.

Ozzie percebeu um tom de desprezo na voz de Pilar. Ele tirou o chapéu e se curvou respeitosamente para a Madame Estrella.

Ela o cumprimentou sem dizer nada, depois voltou-se para a filha outra vez.

— *Hija*, você não pode simplesmente largar o Enrique sozinho, na hora que bem entender. Nós dependemos dele para ter esse apartamento. Trabalhar para ele é uma forma de pagamento.

— Eu poderia ganhar o bastante para *pagar* o apartamento inteiro, se pudesse fazer leituras nas ruas.

Madame Estrella ergueu uma sobrancelha.

— Esse assunto está encerrado, Pilar.

— Talvez para a senhora — murmurou a garota.

Madame Estrella ignorou o comentário e se virou para Ozzie.

— *Señor* Manning, o senhor distrai a minha filha das responsabilidades dela. O senhor tem muita sorte de eu simpatizar com o senhor. Por favor, sente-se que vou servir um chá.

Ozzie olhou para as cadeiras enfiadas debaixo da mesa com a bola de cristal e preferiu as almofadas do canto.

Sem perder tempo, ele contou sobre as sessões que Elsa Hoff havia descrito naquela manhã. Madame Estrella e Pilar ficaram ouvindo, interrompendo às vezes para fazer uma pergunta. As duas pensaram nas palavras dele com uma gravidade que ele não esperava.

Quando Ozzie acabou, Madame Estrella se levantou e disse:

— Coitado. Esse Konstantine pode até ter os poderes que o senhor descreve, porém tanto ele como os guardiões claramente não têm sensibilidade, nem respeito pelos vivos *e* pelos mortos. Concordo que as pessoas tenham que ganhar dinheiro, mas existem outras prioridades.

— Como honestidade — comentou Pilar, com uma falsa inocência.

A mãe lhe lançou um olhar, irritada.

Ozzie tentou desfazer a tensão entre elas com uma pergunta.

— A senhora já ouviu falar desse Konstantine?

Madame Estrella balançou a cabeça.

— Mas também não tenho o hábito de me manter atualizada sobre os outros que praticam a minha profissão. O que posso dizer é que, apesar de alguns de nós serem capazes de ver espíritos, invocá-los e fazê-los aparecer na forma física é um assunto bem diferente. Já ouvi falar que isso foi feito, mas eu mesma nunca testemunhei. Se esse Konstantine realmente for capaz de materializar um espírito, então isso é sinal que ele tem poderes consideráveis. Mas o que você descreveu mostra que ele tem um treinamento muito ruim e motivos duvidosos.

Ozzie bebeu um pouco do chá e esperou que a Madame Estrella continuasse.

— Tenho um amigo, o Carlos, em Seven Dials, que já correu o mundo inteiro e acompanha as carreiras dos que têm o dom. Ele é o que se chamaria de um colunista social dos médiuns. Talvez ele já tenha ouvido falar desse Konstantine e possa dar mais informações.

Ozzie se levantou, colocou a xícara vazia e o pires na mesa, e agradeceu à Madame Estrella.

Pilar também se levantou.

— O que você está fazendo, *hija*?

— Vou levar o Ozzie até Seven Dials — respondeu Pilar, como quem não quer nada.

— Você vai voltar para a barraca do Enrique e depois vai à aula.

— Mamá, essa noite não tem aula e o Enrique já está bem arranjado para o resto do dia. Além do mais, eu posso ajudar neste caso. — Pilar fez uma pausa, para dar um efeito dramático. — E a senhora *sabe* como o Sr. Holmes paga bem.

Madame Estrella pensou no que a filha havia dito e levantou uma sobrancelha.

— Você pode ir, mas não vai poder se livrar das suas responsabilidades no futuro. — Ela se virou para o Ozzie. — O Carlos mora num bairro perigoso, um dos mais perigosos. *Tengan cuidado*, vocês dois.

Ozzie colocou o chapéu e Pilar, a capa. Os dois saíram antes que Madame Estrella mudasse de ideia.

CAPÍTULO SEIS

Os Irregulares vigiam a mansão

A mansão de Konstantine assomava na neblina como uma imensa aberração gótica.

— Caramba, você já viu uma casa tão monstruosa? — grunhiu Elliot.

Ela era cercada de muros de pedra, grades e portões de ferro. Os arcobotantes no ar e os arcos pontudos, juntamente com a fachada cheia de nódoas, faziam-na parecer a casa de um nobre, num vilarejo pobre. A aura lúgubre da construção fazia um contraste marcante com o simpático bairro londrino de Chelsea.

Rohan concordou com Elliot.

— Tem alguma coisa sinistra nesse lugar.

Alfie cutucou Wiggins e riu.

— Os grandalhões ficam aí tremendo.

Elliot deu uma bronca nele.

— Você também teria medo, Elf, se tivesse um mínimo de bom-senso.

— Chega — ordenou Wiggins. A casa não o assustava.

Os Irregulares se calaram e se encolheram numa pequena rua lateral junto à mansão, enquanto Wiggins tomava a frente deles.

— OK, meus amigos, as ordens do Mestre são de fazer uma vigilância completa. Ninguém pode ir a lugar algum sem a gente saber. James e Pete, vocês cuidam do lado direito; Barnaby e Fletcher, do esquerdo. Enquanto isso, o Elliot, o Rohan e eu vamos vigiar a frente. Do lado de trás tem uma cerca viva bem alta que rodeia o que eu acho que é um jardim. Alfie, você cuida dessa parte. Shem e Simpson, fiquem aqui, em alerta e prontos para ir atrás de quem quer que saia daqui.

— Talvez eu deva ir buscar o Rei Henrique. Ele pode ajudar a gente a seguir as pessoas — sugeriu Alfie.

Wiggins apontou o indicador para ele.

— Ao seu posto, Elf. E para de ficar falando nesse vira-lata.

Todos os garotos assumiram suas posições. Na calçada em frente à mansão, Wiggins tirou seu furão, Shirley, do bolso do casaco e acariciou o seu pelo. Rohan se sentou ao lado dele e deu a Shirley algumas migalhas que tinha no bolso. Elliot se esticou na calçada e fingiu dormir. E, de fato, umas duas vezes ele havia chegado a dormir durante um trabalho.

— Se concentra, Stitch — pediu Wiggins.

Elliot grunhiu.

Minutos mais tarde, uma grande carruagem parou diante do portão da mansão. Um cavalheiro bem-vestido, de quase sessenta anos, saltou do coche e deu a mão para ajudar uma mulher, também muito bem vestida. Um homem baixo e forte os recebeu na porta.

Os visitantes permaneceram na casa por mais ou menos uma hora. Quando voltaram a sair e se aproximaram da carruagem que os esperava, pareciam radiantes de felicidade. Wiggins foi até a esquina e fez sinal para Shem, que saiu correndo dando a volta no quarteirão, primeiro indo atrás da carruagem a pé, enquanto ela saía, e depois conseguindo subir na traseira.

Nos fundos da mansão, Alfie estava ficando cansado de ficar olhando para aquela cerca viva de três metros de altura.

Ninguém pode sair do meio de uma coisa dessas, pensou. O Wiggins está me punindo por ter levado o Rei Henrique lá para casa.

Alfie caminhou e examinou a cerca. Foi aí que ele percebeu um buraco de uns 15 centímetros na parte de baixo daqueles densos arbustos. Ele olhou em volta e, sem ver ninguém, mergulhou ali embaixo.

Ele só rastejou por um segundo e sua cabeça bateu numa cerca de madeira. Abafou um grito. Coçando o lugar do impacto, Alfie conseguiu se levantar e descobriu que estava agora aninhado entre a cerca viva e a de madeira, que era um metro mais alta do que ele.

— Caramba, espero não estar preso aqui — murmurou.

Chegando para o lado, ele encontrou uma abertura entre as tábuas e, olhando por ali, viu um jardim geométrico. Um caminho de pedras atravessava um gramado muito bem cuidado cheio de árvores, canteiros de flores, arbustos, um pequeno chafariz e alguns bancos. Alfie estava estudando um obelisco de pedra se erguendo no meio de um quadrado de pedras de calçamento, quando um homem e uma mulher saíram dos fundos da casa e caminharam pelo jardim. O homem tinha os cabelos pretos com mechas prateadas que pareciam asas junto às orelhas e se vestia com um terno de lã muito bem cortado. A mulher era muito magra, tinha os olhos vivos, um nariz pontudo e cabelos longos e ondulados. Fazia Alfie se lembrar de uma bruxa.

A mulher parou e disse, docemente:

— Querido, você *tem* que fazer isso.

O homem meneou a cabeça.

— Mas não foi isso o que nós planejamos.

Ele tirou um lenço de seda branco do bolso e enxugou a testa.

A voz da mulher de repente ficou histérica.

— Acaba com isso. Acaba logo com *ela*!

O homem pôs a mão no ombro dela, aparentemente para contê-la. Ele curvou a cabeça, enquanto continuavam a caminhar na direção de Alfie.

Alfie os observou com cuidado, até que uma charrete que passava pela rua o assustou e fez com que ele desviasse o olhar.

Quando ele voltou a olhar pelo buraco, a mulher estava caminhando de volta para casa. Mas o homem não estava mais em parte alguma. Para onde ele poderia ter ido?

Então, Alfie percebeu o lenço caído no chão. Ele tentou pular a cerca, mas sempre caía de costas. Será que ele devia ir buscar um dos garotos mais velhos?

Estudando o lugar onde as tábuas de madeira batiam na areia, ele se ajoelhou e, com o coração batendo forte, começou a cavar feito uma toupeira.

CAPÍTULO SETE

Procurando Carlos

As ruas de Seven Dials eram um caldeirão fumegante de sujeira, crime e baderna. Ozzie tinha explorado muitas partes de Londres desde que se tornara um Irregular, mas essa devia ser uma das piores. Ironicamente, a região era chamada de "Terra Santa".

Pilar conduziu Ozzie por ruas fedorentas e becos ladeados por prédios alquebrados. Homens, mulheres e crianças dormiam juntos no chão. Uma chuva fraca penetrava por entre as roupas esfarrapadas. Ozzie sabia o quanto era constrangedor se sentir observado e tentou desviar o olhar.

Quando chegaram ao cruzamento das sete ruas, Pilar parou.

— Eu sempre me esqueço se é para pegar a segunda ou a terceira rua — disse ela, um tanto frustrada.

Uma senhora obesa num vestido já bem gasto se aproximou dela.

— Bonita capa, querida, posso experimentar?

Ignorando-a, Pilar falou.

— Vamos por aqui.

— Deixa eu experimentar esses *bons trapinhos*, querida. Só um instantinho. — A mulher vinha uns trinta centímetros atrás.

Pilar olhou por cima do ombro e falou, sem meias palavras:

— Nos deixe em paz.

— Isso não é jeito de se falar com uma dama.

Sua voz acordou um homem que estava deitado na rua. A testa dele exibia um corte aberto. Uma corcunda no ombro direito lhe conferia um aspecto sinistro.

Quando Ozzie olhou sobre o ombro, viu que o homem também estava vindo atrás deles, mancando.

— Olha aquelas pantufas — disse o homem, referindo-se aos mocassins de couro de Ozzie. — Iam deixar os meus pés secos e quentinhos num dia como esse.

Ozzie tremeu só de ver os pés do homem. Eram pretos e cheios de pústulas. Ele sabia que tinha gente em Londres que tentava tirar sua roupa à força. Só nunca tinha encontrado ninguém que quisesse as dele.

O homem e a mulher se apressavam para manter o passo. A essa altura, alguns garotos um pouco mais novos do que Ozzie e Pilar tinham aderido à perseguição. Eles riam e gritavam:

— Ela é escura!

— Estão vendo aquele chapéu ridículo dele?

Ozzie segurou a mão de Pilar e eles correram por uma viela estreita. Logo depois, Ozzie já começava a arfar.

Eles podiam ouvir os gritos dos perseguidores por cima dos sons que os cercavam. Rapidamente, correram por mais uma rua onde várias pessoas dormiam numa só cama. Zunindo por ali, eles pegaram uma rua principal e depois mais uma viela, o tempo todo se livrando do lixo e das pedras que os garotos atiravam neles.

— Talvez não tenha sido uma boa ideia — disse Ozzie, pondo as mãos nos joelhos para recuperar o fôlego.

Os garotos que os perseguiam se aproximavam. O líder não tinha metade dos dentes e possuía um aspecto de quem havia dormido na rua a vida inteira. Ele ergueu a perna de uma mesa velha como se fosse um porrete e apontou primeiro para os pés de Ozzie e depois para Pilar.

— Os sapatos. E a sua capa.

A mulher obesa e o homem corcunda, que tinham alcançado os garotos, viram aquilo e riram.

— Não vou dar a minha capa para ninguém! — respondeu Pilar.

Ozzie não podia dar menos importância a seu mocassim. Sabia muito bem que Elliot poderia costurar um novo para ele. O que o incomodava era ser perseguido e cercado. Estava com raiva de si mesmo, por não ter imaginado um plano melhor.

O garoto segurou a mão de Pilar e fez um leve sinal com a cabeça, indicando que eles deviam arremeter contra a turba.

— A fila é aqui? O que é que está todo mundo esperando, hein, *fish and chips*?

Um homem com bem mais de dois metros de altura e a largura de dois homens comuns falava por cima da multidão. Ele tinha os cabelos crespos e úmidos, da cor do calçamento molhado, e fumava um pequeno cachimbo.

— Carlos! — exclamou Pilar.

Carlos acenou para ela e perguntou para o garoto que segurava a perna da cadeira.

— Isso aí é para quê?

— Ah... é uma... bengala.

O garoto recuou e o resto da turba se dispersou.

Carlos riu, depois se virou para Pilar e curvou-se ligeiramente.

— Bom-dia, *hermosa*. Vejo que você já foi apresentada aos meus vizinhos.

Instantes depois, no sobrado de Carlos, ligado a um prédio de apartamentos, os três se sentavam em restos de pedra em volta de uma mesa improvisada. Carlos tinha cheiro de incenso, tabaco e algo mais que Ozzie não sabia dizer o que era. Suas mãos tinham tatuagens de pássaros e de palavras em outra língua. Carlos manuseava distraidamente um enorme maço de cartas, enquanto Ozzie lhe contava sobre Elsa Hoff e perguntava se ele conhecia Konstantine e seus guardiões.

— Tara e Christopher Brown?!

Seus olhos se arregalaram e ele disse alguma coisa em espanhol que fez Pilar ficar vermelha. Ele se pôs de pé e caminhou pela pequena varanda, enquanto passava as mãos enormes pelo cabelo.

— Que o tempo amaldiçoe as almas deles!

Pilar nunca tinha ouvido um tom tão amargo na voz de Carlos, e Ozzie também percebeu que o homenzarrão parecia bastante agitado.

— Quer dizer que você conhece eles? — perguntou Pilar.

— Eles eram de Londres e trabalhavam como trapaceiros de mesa não muito longe daqui. Isso foi há 16 anos.

— O que é um trapaceiro de mesa? — perguntou Ozzie.

— Significa que são falsos médiuns — disse Pilar.

Ozzie fez que sim e se virou para Carlos.

— E o que é que você pode contar para nós sobre eles?

— São vigaristas da pior espécie. Tara é falsa como o diabo. Tem muita prática em armar uma rede de intrigas. — Carlos pareceu ficar perdido em suas lembranças, antes de se recompor. — Ela cria inimigos do nada. — A voz dele era tingida pelo veneno e algo mais.

Seria medo?, perguntou-se Ozzie.

— Ah, é claro que ela pode ser encantadora quando quer, mas tudo isso faz parte da armadilha dela. Eu mesmo me vi atraído, igual a um bobo, pelas manipulações e por aqueles olhos penetrantes que ela tem.

"Ela e o irmão Christopher prepararam uma cena juntos. Eles convidavam os clientes à casa e tentavam fazer contato com as pessoas amadas. Nessas sessões, ganhavam a confiança dos clientes, arrancavam os segredos deles e então utilizavam essa informação para roubá-los ou chantageá-los."

Carlos balançou a cabeça com nojo. Um tremor correu por todo o seu imenso corpo.

— A Tara não tem o dom — continuou — e dependeu muito dos outros, inclusive de mim, para ensiná-la sobre o mundo do Espiritismo. O desejo dela sempre foi dinheiro. Vantagem pessoal é uma coisa, mas ela também queria ter poder e tentou eliminar os concorrentes. Se ela soubesse que outros médiuns estavam recebendo clientes na mesma área, nos acusava de estar roubando a clientela dela, o que não só era um absurdo, mas um ultraje, levando-se em conta que eu ensinei tudo aquilo que ela sabe. Quando ameacei dedurá-la, ela me deu isso aqui. — Carlos tirou o lenço que estava em volta do pescoço e revelou uma cicatriz de 13 centímetros que corria pela garganta dele.

Sem querer, Ozzie levou a mão ao pescoço.

— A Tara não é alguém com quem se possa brincar — disse Carlos, com uma risada desconfortável.

— A Tara e o irmão continuam atendendo as pessoas? — perguntou Pilar.

Carlos balançou a cabeça.

— Eles tentaram tirar vantagem da mulher errada, mãe de um inspetor da Scotland Yard. Depois disso, o que eu sei é que fugiram do país e nunca mais os vi outra vez. — Ele esfregou os olhos e cuspiu. — Não conheço o Konstantine, mas se ele estiver metido com os Browns, posso garantir que é vigarice. Vou tentar descobrir mais coisas. Enquanto isso, eu não gosto da ideia de vocês se meterem com esse tipo de gente. *Tienen la mala pinta.*

Ozzie olhou para Pilar, querendo saber o que aquilo significava.

— "Trazem a marca da maldade" — traduziu ela.

Carlos fez que sim com a cabeça, devagar, recolocando o lenço sobre a cicatriz, antes de conduzi-los de volta pelas vielas apinhadas de gente e deixá-los numa esquina na saída de Seven Dials.

— Não posso alertá-los suficientemente o quanto eles são perigosos — falou, olhando para Ozzie e para Pilar. — Mantenham distância de Tara. Ela é uma criatura desalmada.

CAPÍTULO OITO

Pilar desaparece

— Ele desapareceu como aquele má-gi-co que a gente viu na rua, coelho e cartola, de repente, num passe de mágica. A única coisa que ficou foi o lenço dele.

Alfie estava todo coberto de terra úmida, com pequenos pedaços de gravetos e folhas presos no cabelo. Suas orelhas desproporcionais estavam rodeadas de poeira. Parecia que alguém tinha acabado de desenterrá-lo.

Wiggins, Ozzie e Pilar ouviram aquilo tudo, céticos. Os quatro estavam de pé, numa rua lateral, fora das vistas da mansão.

— Elf, acho que a umidade do ar emperrou esse seu pequeno cérebro, seu pobre *girino*. Você está imaginando coisas. Vamos...

Antes que Wiggins pudesse terminar seu raciocínio, Alfie puxou do bolso das calças, todo sujo, o lenço de um cavalheiro.

— Você acha que isso aqui é um sonho?

Pilar riu, afetadamente.

— Acho que ele é mais confiável do que você imaginava.

Alfie corou. Ele estava começando a gostar de ter Pilar por perto, mesmo ela sendo mulher.

Ozzie pegou o lenço e o examinou. Apesar de ser aparentemente novo, era extremamente macio — de seda, pensou Ozzie. As iniciais SZ estavam monogramadas num canto. Tendo sido aprendiz de um escrivão, pôde reconhecer que as iniciais tinham sido bordadas no estilo da fonte German Fraktur.

— Esse lenço pertencia a um alemão rico — deduziu Ozzie. Deu uns tapinhas na cabeça de Alfie. — Bom trabalho, camarada. Por que nós não vamos dar uma olhada no tal jardim?

Alfie ficou todo aceso e conduziu Wiggins, Ozzie e Pilar até os fundos da mansão. Quando eles chegaram à cerca viva, Alfie rastejou que nem uma cobra por baixo dela. Ozzie e Pilar o seguiram com um pouco de dificuldade. Depois que passaram, ficaram ao lado de Alfie, presos entre a cerca viva e a de madeira que contornava os fundos do jardim.

Quando Wiggins tentou passar por baixo da cerca viva, Alfie riu com gosto.

— Muita salsicha no estômago, chefe?

Wiggins resmungou mas finalmente conseguiu passar. Pilar fez sinal para que ficassem quietos.

Ozzie não teve dificuldade de ver sobre a cerca de madeira. Pilar ficou na ponta dos pés, assim como Wiggins, que colocou Alfie nos ombros. Uma neblina os mantinha bem escondidos.

— Qual foi o último lugar que você o viu? — sussurrou Ozzie.

Alfie apontou para o obelisco.

— Encontrei o lenço naquelas pedras.

Wiggins sabia que o Mestre queria que eles apenas relatassem o que descobriram — mais nada. Só que a ideia de uma expedição em nome de Elsa, sem falar no guinéu extra e do banquete que isso poderia render para a turma, se ele trouxesse a pista mais importante, o fizeram ir em frente.

— Elf, você fica aqui, montando guarda, enquanto a gente vai dar uma olhada.

Alfie gemeu desapontado.

— Mas fui eu que...

— Quieto — ordenou Wiggins, antes de seguir Ozzie e Pilar por sobre a cerca.

No jardim, Ozzie caminhou e examinou as pedras bem cortadas, enquanto Pilar e Wiggins analisavam o obelisco: uma coluna de mármore de quatro lados, com floreados e cornijas. O cume era uma única ponta, a uns sete metros do chão. Ozzie achou que era um formato esquisito para um jardim urbano.

— O que você está procurando? — perguntou Pilar. Ela e Wiggins estavam ao lado do obelisco, analisando os detalhes.

Ozzie continuou estudando as pedras quadradas embaixo dele.

— Não acredito que as pessoas possam simplesmente desaparecer — disse ele. — Não existe uma saída visível do jardim, por isso, se o Alfie viu o que ele diz que viu, tem que ter uma passagem secreta em algum lugar por aqui. — Ele passou o pé nas bordas das pedras.

Wiggins passou os dedos pelo acabamento do obelisco. Num momento, um pedaço do que parecia ser mármore sólido se mexeu. Pilar soltou um gritinho. Quando Wiggins se virou, ela já não estava mais ali.

— Oz! — exclamou ele.

Ozzie olhou para cima e viu Wiggins de pé, boquiaberto, ao lado de... absolutamente ninguém.

— Cadê a Pilar?

— Ela estava em pé bem aqui ao meu lado.

Wiggins indicou a pedra no chão que beirava o obelisco, então apontou para um pedaço do acabamento.

— Olha aqui. Uma alavanca!

Ozzie subiu na mesma pedra.

— Rápido! Faça exatamente o que você fez antes.

Wiggins puxou a alavanca. Antes dele poder segurar o Ozzie, o amigo havia desaparecido, como se o chão tivesse se aberto e o engolido.

Ozzie sentiu que estava caindo na escuridão. O ar úmido o amedrontava. A aterrissagem brusca fez ele bater com o queixo. Quando olhou em volta, viu Pilar segurando um toco de vela.

— Belo passeio, né?

Seu rosto brilhava à luz da chama.

Parecia que eles estavam dentro de uma espécie de câmara secreta, uma caverna com paredes de tijolo mal acabadas e chão de terra. Mesmo sussurrando, a voz de Pilar ecoava.

Ozzie se levantou, espanou a terra do corpo e deu alguns passos de teste. Virou para trás quando ouviu um baque surdo e um gemido que o assustou.

Wiggins estava sentado no mesmo ponto onde ele havia caído. Um largo sorriso iluminava o rosto do amigo.

— Se nós não estivéssemos trabalhando, diria para a gente fazer isso de novo.

Wiggins estava esticando o braço para ajudar Ozzie a se levantar, quando Alfie também caiu gritando na escuridão e aterrissou no colo dele.

CAPÍTULO NOVE

Explorando os túneis

A caverna parecia imensa. Embora todos tenham caído da mesma altura, ninguém era capaz de dizer a que profundidade eles estavam, talvez uns três metros e meio, talvez cinco.

Pilar segurava o toco de vela que iluminava a caverna. Quatro túneis partiam dali. Ela os levou para o primeiro. Ele acabava depois de apenas vinte passos. Duas grandes argolas de metal pendiam da parede dos fundos. Nelas eram penduradas correntes com algemas.

Ozzie examinou os grilhões.

— Parece que alguém já não é preso aqui há um bom tempo.

Wiggins tinha se esquecido da Shirley, até senti-la se remexer dentro do casaco. Ele pôs a mão lá dentro e acariciou seu pelo.

— Não há nada a temer, garota.

O túnel era úmido. O cheiro fazia Pilar se lembrar de uma cripta.

Ozzie tossiu e cobriu a boca com a mão para abafar o som.

Alfie estava ocupado demais passando os dedos pelos tijolos na parede e esfregando os pés no chão de terra para se preocupar com quem ou com o que eles se deparariam.

Eles refizeram os passos até a caverna central e então entraram no segundo túnel. Depois de dar cinquenta passos, eles chegaram a um lance de escadas. No alto, Wiggins destrancou uma porta fechada, que ia dar numa tranquila rua lateral.

As cordas da cabeça de Ozzie começaram a se afinar.

— Foi assim que o homem do lenço, que o Alfie viu, saiu da casa.

Ele bateu na têmpora esquerda com um dedo longo e ossudo, tentando determinar por que o homem não queria ser visto.

Mais uma vez, o grupo refez os passos até a caverna central e passaram para o terceiro túnel. Depois de dez passos, ele fazia uma curva brusca e as paredes se afunilavam mais. Finalmente, ele passava a ficar tão estreito que os meninos tinham que andar de lado. Quando o teto também começou a se inclinar para baixo, todos eles, até o miúdo Alfie, tiveram que engatinhar.

— É muito apertado — suspirou Wiggins. — Talvez nós devêssemos voltar.

Ozzie começou a suar e achava que estava prestes a vomitar.

Nessa hora, sons agudos tomaram conta da caverna.

Wiggins sentiu Shirley se mexer em seu bolso.

— Caramba! O que é, menina?

— Talvez um espírito! — disse Alfie.

— Parece mais um som de um animal do que um humano — rebateu Pilar. — Alfie, me dá um pouco de espaço, por favor.

— O que você quer dizer?

— Eu quero dizer que você acabou de arranhar os meus tornozelos com as suas mãos sujas.

— Mas estou aqui atrás.

Pilar girou o pescoço. Alfie estava pelo menos a um metro dela.

— Então, o que foi que eu senti?

O som estridente voltou a se fazer ouvir e, desta vez, Shirley praticamente pulou do bolso de Wiggins.

— Seja lá o que for, está dando um *nó nas tripas* da Shirley — disse ele.

Pilar se sentou nos calcanhares e ergueu o toco de vela, em busca da origem do barulho. Quando ela olhou para o chão, soltou um grito.

Entrando e saindo pelos buracos do solo estavam ratos. Dezenas deles! E agora eles corriam em volta da turma, subindo e descendo os seus corpos.

Pilar gritou outra vez e então colocou o capuz da capa sobre a cabeça.

Wiggins abriu o casaco e Shirley pulou para fora, correndo atrás dos roedores como um premiado caçador de ratos. Em questão de minutos, eles haviam se dispersado pelo túnel, de volta para os buracos. Os instintos de Shirley eram tão fortes que ela nunca olhou para trás, perseguindo os últimos camundongos até eles desaparecerem das vistas.

— Shirley! — gritou Wiggins. Mas ela já tinha sumido pelo túnel longo e escuro. Ele olhou para os amigos.

— Tenho que ir atrás dela.

Eles foram engatinhando atrás do Wiggins, até que o túnel onde estavam desembocou em um mais alto e mais largo, com paredes de tijolos. Aliviados, eles puderam se levantar, viraram à esquerda e deram uns trinta passos, só para se verem de novo na caverna central.

— O terceiro túnel simplesmente se transforma no quarto — notou Ozzie, que podia respirar com mais calma no espaço aberto. — Se nós tivéssemos virado à direita, poderíamos ter entrado na mansão. Vamos refazer nossos passos.

Enquanto eles faziam isso, a vela foi se apagando e Wiggins chamou, baixinho:

— Shirley... Vem, menina.

Mas não havia sinal dela.

— A gente vai encontrá-la, amigo — assegurou-lhe Ozzie. Naquela penumbra muito fraca, ele pôde ver Wiggins assentindo com a cabeça, mas era um gesto pouco convincente. Wiggins e Shirley estavam juntos desde que os dois eram muito pequenos. Perdê-la seria a pior coisa possível depois de perder um dos Irregulares, pelo que Ozzie pôde perceber.

— Não se preocupe, chefe. Ela é bem esperta — acrescentou Alfie.

Pilar apertou o ombro de Wiggins.

— É mais provável que ela encontre a gente.

Eles continuaram andando e logo sentiram a terra virar pedra. A cada poucos passos que davam, Wiggins sussurrava "Shirley...", mas de nada adiantava.

A distância, uma porta aberta os convidava. A luz vinha lá de dentro.

— Essa deve ser a entrada para o porão da mansão — sussurrou Ozzie.

Exatamente naquele momento, um uivo veio daquela direção, seguido pelo barulho das garras de um animal arranhando um chão de azulejos.

Pilar apagou a vela; ela e os garotos esperaram na escuridão.

Pela moldura iluminada da porta, dois cachorros grandes latiam e esticavam as coleiras. Atrás deles se postava um vulto bem alto. Ele levava os cachorros com uma das mãos e com a outra segurava uma lanterna. Felizmente, o feixe de luz não os iluminou.

Sem dizer uma palavra, a gangue recuou. Ozzie cochichou no ouvido de Alfie:

— Vai na frente pelo terceiro túnel e nos encontre na caverna central, onde começamos. Anda!

Alfie fez o que lhe pediram.

Os cães voltaram a uivar. O som das garras estava cada vez mais alto. Os cachorros haviam sido soltos.

— Corram! — gritou Ozzie para Wiggins e Pilar.

Os três dispararam pelo corredor. Mas em poucos segundos o barulho estava ainda mais alto. Os pulmões de Ozzie começaram a se contrair. Um acesso de tosse e todo mundo ali viraria picadinho. Ele mesmo se obrigou a correr mais rápido.

Quando finalmente chegaram à caverna central, Ozzie se abaixou e se apoiou nos joelhos.

Alfie se ajoelhou ao lado dele, assim como Wiggins.

— Respira fundo e com calma, camarada.

Os cães agora latiam selvagemente, mas a turma não conseguia mais ouvir as patas se movendo na direção deles.

Ozzie se levantou e escutou. E falou então:

— Interromperam a caçada.

— Você sabia que mandar o Alfie de volta por um caminho diferente confundiria os cachorros. Aqueles burros não sabiam que cheiro perseguir — observou Wiggins, em tom de admiração.

Todos experimentaram uma sensação de alívio — até que a luz da lanterna matou a escuridão e a voz de uma mulher, ameaçadora e estridente, rompeu o silêncio:

— Qualquer intruso será atacado!

Atacado? Que tipo de pessoa falava daquela maneira? E então Pilar soube. As palavras de Carlos zumbiam em seus ouvidos. "*Ela é uma criatura desalmada.*"

Pilar agarrou a mão de Wiggins, Ozzie segurou a do Alfie, e eles saíram correndo. Dentro do segundo túnel, eles podiam ouvir os cães os perseguindo. Subiram pelas escadas. Wiggins mexeu na tranca da porta, enquanto a luz tremeluzia mais perto. Finalmente, ele conseguiu destrancá-la e os levou à rua. Uma vez do lado de fora, fez um gesto para se agacharem atrás de uma·, latas de lixo.

Segundos mais tarde, ouviram a porta se abrir. Esgueiraram-se e viram uma pessoa alta. Estava com dois ferozes cães pretos, um de cada lado, como se estivesse pronta para dar uma ordem de ataque.

Ozzie percebeu imediatamente quem era.

Um capacete de cabelos longos e pretos rodeava o rosto sisudo da mulher — um tipo de cabelo que sugeria uma constituição pouco saudável e um rosto que era marcado pela amargura. Sua característica mais marcante eram os olhos, de um azul de dar calafrios, que pareciam pulsar. Um sinal de desconforto, pensou Ozzie. Trabalhando para o Mestre, Ozzie tinha se deparado com alguns dos criminosos mais perigosos de Londres. Mas tinha uma coisa nessa mulher que o deixava intrigado. Havia uma morbidez nela que com a "falta de alma" em seus olhos formava uma combinação de dar arrepios.

— Tara Brown — sussurrou Pilar para Ozzie.

Ele assentiu gravemente.

— Muito cuidado com essa aí — sussurrou Wiggins.

Ozzie estudou o rosto macilento que olhava fixamente pela rua, na direção deles, e observou quando Tara puxou a coleira dos dois cães e caminhou na direção oposta.

CAPÍTULO DEZ

Os Irregulares relatam suas descobertas

Ozzie, Wiggins, Alfie e Pilar foram se encontrar com os outros no posto de observação, que ficava a uma rua da mansão. Um vento frio de fim de tarde soprava vindo do rio, afastando a neblina.

— Essa foi a bruxa que vi no jardim — relatou Alfie.

Ozzie assentiu.

— Não acho que ela tenha visto a gente.

— Você viu aqueles cachorros? — perguntou Wiggins. — Eles podiam ter destroçado a gente.

— O Rei Henrique poderia dar cabo deles — sugeriu Alfie.

Wiggins balançou a cabeça.

— Você trate de manter aquele cão pulguento bem longe daqui, ou vai passar o resto desse caso no Castelo.

Quando os quatro chegaram até onde estava Elliot, ele disse:

— Onde é que vocês andaram, seus *inúteis*? Eu, o Rohan e o Shem estamos dando duro trabalhando, enquanto vocês ficam aí perambulando pela cidade.

Wiggins balançou a cabeça.

— Stitch, *sua língua é maior do que a boca*. Fala logo o que aconteceu.

A bronca não surtiu o menor efeito em Elliot.

— Pode começar — ele disse a Shem.

Shem explicou como tinha seguido os primeiros visitantes daquela manhã.

— Vocês viram a carruagem. Brilhava igual a alcaçuz. Fui atrás daqueles dois *nobs* até o casarão mais luxuoso de Mayfair. Fazia esse lugar aí — indicou a mansão — parecer uma *purulinha*, uma *purulinha* de nada.

Ozzie anotou o endereço de Mayfair em seu bloquinho.

Simpson foi o próximo a fazer o relatório.

— Segui o meu alvo pelo rio Tâmisa até Westminster. Vocês nunca vão acreditar onde é que a carruagem dele parou: na própria Old Palace Yard. O cidadão saltou e entrou na Câmara dos Lordes!

Ozzie pediu a Simpson que fizesse a melhor descrição física possível do cavalheiro, que ele também anotaria no bloquinho.

— Muito bem, rapazes — encerrou Wiggins. — Esses Espíritas têm um negócio *maciço*. Oz, nós dois devemos fazer o relatório ao Mestre e...

— Também vou — interrompeu Pilar.

— Ótimo — concordou Wiggins. Ele sabia que Pilar poderia ser útil e o Mestre não parecia se incomodar com a presença dela.

— Rohan e Elliot, vocês estão no comando aqui. Se surgir alguma novidade importante, mandem o Alfie procurar a gente. E abaixem a cabeça. Tem alguma coisa nisso tudo que cheira muito mal.

Enquanto Wiggins terminava de dar as instruções, Fletcher apareceu correndo de seu posto, na frente da mansão.

— Um garoto elegante acabou de sair da mansão e está vindo nessa direção!

— Konstantine — murmurou Pilar.

— Ele viu você correr para cá? — grunhiu Wiggins.

Fletcher jurou de pés juntos:

— Chefe, eu juro que corri igual ao vento. Em silêncio e invisível.

Wiggins passou as mãos pelo cabelo.

— Tudo bem. Nós não podemos ficar aqui em pé desse jeito. Rohan e Elliot, peguem o Elf e o "Vento" aqui e andem pela rua. Depois de algumas quadras, voltem para a mansão. Eu, o Oz e a Pilar vamos dar uma olhada nesse médium.

Depois que os outros quatro partiram, Ozzie apontou para um coche.

— Wiggins, você e a Pilar vão se esconder daquele lado. E eu vou vagabundear aqui.

Wiggins e Pilar estavam prontos para contestar, mas não havia tempo. Ouviram passos de alguém se aproximando.

Saíram dali e Ozzie se sentou na calçada e estendeu o chapéu.

Segundos mais tarde, Konstantine dava a volta na esquina.

Ozzie olhou para cima, os olhos arregalados, de dar dó. Um garoto louro, magro, de pele clara, de uns 15 anos de idade, se aproximou. Estava vestido com um terno azul e uma capa de seda preta jogada sobre os ombros. Ozzie já tinha visto aquele tipo de pose em garotos mais velhos, ricos e que frequentavam escolas particulares: peito estufado e queixo empinado. Mas alguma coisa no olhar dele — distante de tudo, sem piscar — lhe pareceu incômodo e familiar.

A voz de Konstantine era carregada de arrogância.

— Você está me olhando, moleque?

Ozzie fingiu uma tosse.

— Belo dia, não? Que tal um trocado, amigo? — Levantou o chapéu.

Konstantine deu um passo atrás e analisou Ozzie, como se ele fosse uma criatura estranha e vil.

— É muito feio ficar olhando — disse ele.

— Eu não queria ofender. — Ozzie voltou a esticar o chapéu. — É só que... esse seu terno é o máximo. É um luxo, meu amigo.

— Não sou seu amigo. E você não deveria se dirigir aos seus superiores de uma maneira assim, tão direta.

— Superiores? — Ozzie teve que conter um sorriso. — Bela palavra essa.

Konstantine empertigou os ombros e avançou na direção de Ozzie.

— Você toma cuidado com o que fala, moleque, ou eu acabo com você.

— Mas não precisa sujar o terno, Doutor. — Ozzie sorriu. Embora fosse menor e mais magro que Konstantine, sabia que ele e o Wiggins podiam pôr a nocaute aquele sujeitinho, se precisassem.

Ozzie voltou a oferecer o chapéu vazio.

— De onde veio esse sotaque chique?

De repente, Konstantine fechou os olhos, esticou os braços como se fossem asas, e inclinou a cabeça na direção do céu. Começou a assobiar.

O que ele está fazendo?, pensou Ozzie.

— O seu pai foi embora e nunca mais vai voltar. — A voz de Konstantine era grave e encrespada. — A sua vida não vale nada. Você está fadado a morar nas ruas até o dia em que morrer. Só então encontrará o seu pai, no outro mundo.

Konstantine abriu os olhos e encarou Ozzie com violência, quase que loucamente.

Ozzie deu um pulo e se lançou contra ele.

Mas Konstantine se livrou do soco e riu.

— Adeus, órfão idiota — disse, fazendo uma careta maldosa. Depois, seguiu caminhando pela rua de uma maneira arrogante, enquanto Ozzie atirava o chapéu em sua direção.

CAPÍTULO ONZE

Uma reunião na Baker Street, 221-B

Cerca de meia hora depois, no apartamento de Holmes, Ozzie, Wiggins e Pilar encontraram o detetive diante da mesa, debruçado sobre uma pilha de recortes de jornais e revistas, escritos em inglês e alemão. Embora ainda um pouco perturbado por causa do encontro com Konstantine, Ozzie percebeu que o Mestre passava os olhos pelos recortes em alemão com a mesma facilidade com que encarava os escritos em inglês.

Watson ergueu a cabeça de seu jornal, rolou os olhos ao ver o trio, e retomou a leitura.

Holmes acenou para irem até onde ele trabalhava.

— Percebo que os rapazes trouxeram uma especialista em Espiritismo. — Cumprimentou Pilar levemente, com a cabeça, e voltou aos jornais.

Pilar se sentiu orgulhosa pelo Mestre tê-la reconhecido e por tê-la chamado de especialista. Na verdade, ela não era, pensou. Depois de ver Konstantine, ficara com a impressão de que ele era uma farsa, em parte porque ele parecia confiante demais para uma pessoa tão jovem, mas agora ela já não acreditava tanto no próprio feeling. Será que o Mestre a mandaria embora, se descobrisse as mentiras que a Mamá contara?

— Ainda que isso não seja tão emocionante quanto o trabalho de campo — prosseguiu Holmes —, a parte do trabalho mais produtivo de um detetive é gasta pesquisando os seus personagens. Não é de surpreender que nossos amigos videntes apareceram em alguns jornais. Meus assistentes no arquivo público foram muito diligentes nas pesquisas que fizeram.

Holmes pegou um dos artigos que resumiu.

— Aparentemente, nossos amigos fugiram da Baviera logo antes que um processo penal fosse aberto contra eles. As autoridades suspeitavam que roubavam e enganavam um determinado número de clientes, incluindo várias pessoas idosas.

"O líder da família é um cavalheiro chamado Spangler Zweig. Sua mulher, Tara; o filho deles, Konstantine; e o irmão de Tara, Christopher; todos desempenham algum papel nesse engodo."

Ozzie ouvia o Mestre atentamente. O fato das autoridades estarem atrás de Konstantine sugeria que ele era uma farsa. Isso era reconfortante. As afirmações que ele fizera sobre seu pai provavelmente não tinham fundamento algum, disse Ozzie a si mesmo, mais otimista. Ele ainda podia estar vivo, em algum lugar.

Foi então que ele se lembrou das iniciais que apareceram no lenço que Alfie tinha encontrado: *SZ*. Spangler Zweig. Portanto, Tara agora era casada.

Que tipo de homem iria querer se casar *com ela*?, pensou Pilar. Um *dicho* que sua mãe falava com frequência era: "*Dime con quién andas y te diré quién eres.*" Diga-me com quem andas e te direi quem és.

Holmes se virou para Pilar:

— Você também quer compartilhar uma informação.

Ela olhou para cima, absorvendo a impressionante altura do Mestre. Lembrando-se de suas constantes advertências para não se colocar em situações de risco, ela decidiu não falar nada dos túneis e, em vez disso, contou os detalhes do seu encontro com Carlos.

— E que mais que esse clarividente tinha a oferecer?

Pilar detectou um certo tom de deboche na voz do Mestre e isso a irritou.

— Além de nos salvar de uma gangue de vândalos — respondeu ela, secamente —, ele disse que a Tara tem um histórico de violência e uma tentativa de assassinato.

Holmes olhou para ela. Então, se virou para Wiggins, que falou sobre a construção que dava arrepios, os visitantes e o que Alfie tinha testemunhado no jardim. — O Simpson até seguiu um cidadão que entrou no Parlamento.

— Holmes, imagine uma coisa dessas! — exclamou Watson. — Os assuntos de Estado podem estar sendo guiados por um mero charlatão.

Holmes olhou para o seu parceiro com um brilho no olhar.

— Infelizmente, amigo, meu irmão Mycroft já me contou de ocasiões em que decisões foram tomadas com base em informações ainda menos confiáveis.

Ozzie tirou o lenço do bolso e passou a Holmes.

O detetive o examinou completamente antes de devolver.

— E o que você acha disso tudo, Osgood?

Ozzie explicou as deduções que havia feito.

— Vejam o tecido de seda e as iniciais na fonte German Fraktur: elas pertencem a um alemão rico, Spangler Zweig.

Holmes assentiu, pensativo, se levantou da cadeira e foi até o parapeito da lareira. Tirou o fumo do chinelo persa, encheu o cachimbo e riscou um fósforo para acendê-lo. Tragou o cachimbo e ficou imerso em pensamentos.

Pilar e os meninos se sentaram num sofá e ficaram esperando ele reemergir.

Exatamente nessa hora, Billy bateu na porta e entrou no apartamento.

— A srta. Elsa Hoff está aqui para vê-lo.

Antes que ele pudesse terminar, Elsa adentrou o apartamento.

Watson se levantou, assim como Wiggins, e depois Ozzie. Pilar olhou para eles, surpresa. Eles nunca haviam se levantado quando ela entrara numa sala.

Elsa desabou numa cadeira. Sua calça quadriculada de lã estava cheia de lama. Ela tentou falar, mas só conseguiu soluçar entre lágrimas.

Watson colocou a mão no ombro dela, para reconfortá-la. Wiggins ia fazer a mesma coisa, mas parou. Quando voltou a se sentar no sofá, Pilar lhe deu uma cotovelada nas costelas.

Wiggins olhou-a perguntando o que era.

Pilar ignorou e observou os cabelos curtos e as roupas masculinas de Elsa. Mesmo querendo não gostar dela, sentiu-se instigada.

Elsa enxugou os olhos e assoou o nariz com o lenço.

Holmes observou tudo sem dizer uma palavra.

— Por favor, perdoem a minha falta de compostura, mas nunca havia sofrido um atentado e eu acho isso tudo muito desagradável. — Elsa deu um sorriso forçado.

Ozzie, Wiggins e Pilar se empertigaram no sofá e se entreolharam.

— Ah, meu Deus... — gaguejou Watson e então tentou rir da tentativa de Elsa de fazer uma piada de tudo aquilo.

Holmes falou sobriamente:

— Aprecio o seu comportamento tranquilo, srta. Hoff, e, graças a Deus, parece estar tudo bem com a senhorita agora. Então, por favor, se puder descreva o que aconteceu.

— Logo depois que voltei para casa, fui de bicicleta para um encontro com o advogado da minha tia, para tratar da minha herança. Reconheço que não é exatamente apropriado para uma dama andar de bicicleta pelas ruas de Londres. Mas, como já disse, minha tia me ensinou a pensar por mim mesma, e assim me locomovo como bem entender, mesmo recebendo alguns comentários desaprovadores, de vez em quando.

"A minha reunião com o advogado se prolongou um pouco. Como sei muito pouco sobre essas questões financeiras, insisti que ele me explicasse tudo nos mínimos detalhes. Depois, decidi distribuir alguns folhetos em favor do voto feminino na rua onde ficava o escritório dele.

"Fiquei uma hora inteira no mesmo lugar. As pessoas podem ser extremamente rudes em situações como essa, hoje não foi exceção. Mais de um *cavalheiro* mandou que eu saísse da frente, ou gritou "sua idiota!" para mim. Logo vi uma carruagem tomando posição à minha frente na rua. O motorista tinha uma aparência das mais selvagens e desarrumadas. Uma imensa juba de sujos cabelos grisalhos, uma barba toda desgrenhada, que fazia ele parecer algo menos que humano, e um terno com tantos buracos que pareciam até farrapos. Ele olhou fixamente para mim. Ninguém entrou ou saiu da carruagem. Ficou só ali, aguardando. Depois de mais uns vinte minutos, tive a sensação de que o motorista ou um ocupante, que não conseguia ver, estavam me esperando. Irritada, comecei a andar. Dobrei a esquina, atravessei a Bond Street e entrei numa chapelaria chamada Adelaide's. A carruagem me seguiu, parou por um momento e foi embora.

"Comecei a pensar que não havia perigo e que era simplesmente a minha imaginação me pregando uma peça. Por alguns minutos, fingi estar interessada nos chapéus da loja. Mas continuava me sentindo um pouco abalada e decidi parar de distribuir os folhetos naquele dia.

"Já tinha atravessado metade da rua antes de perceber que um cavalo e uma carruagem estavam vindo para cima de mim, e que o condutor não era ninguém mais, ninguém menos do que o ser selvagem que acabei de descrever. Fico meio constrangida em dizer que gritei antes de juntar suficientemente as minhas faculdades mentais para pular para fora do caminho. Com certeza teria sido atropelada, se tivesse ficado parada por mais um segundo.

"A carruagem prosseguiu freneticamente e dobrou na próxima esquina. Alguns passantes me ajudaram a levantar e pararam um coche para mim, que pedi para vir direto para cá. Não sei se isso tem ligação com o Konstantine ou com as minhas ações em prol do voto feminino. De qualquer maneira, eu não gosto disso."

— Que bandidos, Holmes! — exclamou Watson. — Nós precisamos fazer alguma coisa.

Holmes estava de pé à janela, com o cachimbo perdido numa das mãos e os olhos fechados. Para um observador inconsequente, poderia até parecer que ele estava dormindo, mas Ozzie podia perceber que ele estava visualizando a cena que Elsa tinha acabado de descrever.

Quando as pálpebras de Holmes lentamente se abriram, seu olhar se fixou em Elsa.

— Srta. Hoff, mais uma vez a senhorita me proporcionou um relato excelente dos acontecimentos que a trouxeram até aqui. Embora saiba que a senhorita teve um dia extenuante, preciso que a senhorita me responda algumas perguntas.

— Certamente.

— A senhorita viu o ocupante da carruagem?

— Pelo vidro, vi de relance o contorno de um passageiro do sexo masculino. Só isso.

— A senhorita confia no seu advogado?

— Ah, sim, senhor. Ele não só era o advogado da minha tia, como também o melhor amigo dela.

— Há quanto tempo a senhorita defende o voto para as mulheres?

— Há dois anos.

— E alguma outra vez a senhorita já foi ameaçada com violência?

— Não, senhor.

Holmes pegou um fósforo da mesa e reacendeu o cachimbo.

— Tem gente que faz grandes esforços para refrear esse tipo de atividade. Como é que...

Antes que Holmes pudesse fazer a pergunta seguinte, Elsa falou.

— Ah, esqueci de mostrar uma coisa ao senhor. — Ela abriu a bolsa e de lá tirou um velho envelope pardo. — Encontrei isso no meio dos objetos pessoais da minha tia, hoje de manhã. — Elsa passou a carta a Holmes. — Meu Tio Gunther escreveu para ela há muitos anos. Como o senhor pode ver, ele começa com as palavras "Minha querida *Bisho*".

Holmes olhou para o documento com um brilho nos olhos.

— É, *Bisho*. Nitidamente um apelido carinhoso pelo qual o seu tio chamava a sua tia. É a palavra em xhosa uma das línguas faladas na África do Sul, para... — Holmes fez uma pausa — ... búfalo.

Elsa começou a rir, assim como Pilar e os meninos. Watson lançou a Holmes um olhar inquisitivo.

Holmes leu a carta inteira e então caminhou pela sala, parando diante da janela.

— Um apelido carinhoso dessa natureza só poderia ser usado entre marido e mulher. E só apareceria na mais íntima das correspondências. Tenho certeza de que nenhuma pessoa no mundo sabia que o seu tio chamava a sua tia por esse nome. Onde é que a senhorita encontrou essa carta?

— Estava escondida no armário da Tia Greta. Numa caixa cheia de documentos e cartas particulares.

Holmes sorriu de uma maneira que Watson e os garotos reconheciam como a confirmação de uma teoria.

Provavelmente ele até já resolveu este caso, pensou Ozzie animado e com uma pitada de inveja.

O sorriso de Holmes aumentou quando ele olhou pela janela. E então, antes que qualquer um soubesse o que estava acontecendo, ele jogou fora o cachimbo e saiu correndo do apartamento.

Embora tenha demorado um minuto para eles reagirem, os garotos, Pilar e Watson também foram atrás dele.

Lá embaixo, Holmes varou pela porta da Baker Street, nº 221-B, e correu na direção de uma carruagem conduzida por um motorista de cabelos desarrumados, barba desgrenhada e roupas rasgadas. No compartimento do passageiro, Ozzie espiou o contorno de um homem de cartola.

Ao perceber que estava sendo perseguido, o motorista bateu as rédeas, girando a carruagem e fazendo-a descer a rua, antes que Holmes pudesse detê-la.

CAPÍTULO DOZE

Pilar e Watson protegem Elsa

— A senhorita está correndo grande perigo — disse Holmes a Elsa quando voltou ao 221-B, na sequência de sua perseguição malsucedida à carruagem. — Recomendo que o Watson volte com a senhorita à sua residência e passe a noite lá.

Elsa aceitou a oferta. Seus olhos brilhavam de tanto medo.

A mente de Wiggins fez um flashback aos primeiros dias que ele passou na rua, quando o medo era seu companheiro constante — dormindo em becos escuros, sendo caçado por policiais devido aos roubos de comida, a ameaça constante de ser jogado na casa de correção. Ele sempre desejara ter alguém que o acolhesse e o mantivesse em segurança.

— Se me permite, o senhor não precisaria de mais um par de olhos para ajudar o Dr. Watson?

Pilar olhou duro para Wiggins.

Holmes olhou para ele, com um ar de indagação. Mas antes que pudesse responder, Watson se levantou e disse:

— É uma boa ideia. Pilar, por que você não me acompanha e fica com a Srta. Hoff, até tudo isso se acalmar?

— Eu ficaria muito contente. — Ela se levantou e se curvou, sem sequer tentar conter o sorriso de satisfação.

Os ombros de Wiggins arriaram.

— Meninos — disse Holmes, se dirigindo a Ozzie e a Wiggins —, ainda há muito trabalho a fazer na mansão. Preciso de vocês lá.

Na sala da magnífica residência de Elsa, Watson se reclinou confortavelmente numa *chaise longue* de veludo verde. Pilar tentou imitar o jeito casual dele, mas a cadeira que ela escolheu era macia demais. Ela se virou, desconfortável, e olhou em volta.

Dois lustres de cristal estavam pendurados em um teto pintado com nuvens e passarinhos. Gravados no mármore da lareira estavam os signos do zodíaco. Pilar localizou o dela, Aquário, o homem do cântaro, antes de deixar seu olhar correr para outro lugar. As janelas se esticavam por uns dois andares. Tecidos bordados cobriam cadeiras incomuns, todas feitas de carvalho muito bem talhado. Pilar percebeu que o apartamento inteiro onde morava cabia num canto daquela sala.

Elsa entrou instantes depois, com uma energia renovada e um sorriso tranquilo.

— Desculpe manter vocês esperando. Acabei de combinar o jantar com a cozinheira. Vamos cear às oito e meia.

"Dr. Watson, um quarto foi preparado para o Senhor, no segundo andar. A sua mala está sendo levada para lá, neste instante. O meu quarto se localiza exatamente em cima do seu, no terceiro andar. Imagino que o senhor precise saber disso, por questões de segurança."

— Aprecio a sua informação, srta. Hoff. Mas compreenda que a minha estada aqui tem a função de prestar um serviço à senhorita. Por favor, não passe por nenhum transtorno para me acomodar, ou à minha assistente aqui. — Watson fez um gesto indicando Pilar, que ainda estava tentando se instalar confortavelmente.

— Doutor, isso não é problema algum. Essa aqui era a casa da minha tia e todos os funcionários dela ainda são meus empregados. Simplesmente faço os pedidos e eles executam o trabalho para mim. Sei que, para algumas pessoas, isso é o mesmo que trabalhar pessoalmente. Não me deixo enganar assim. — As sobrancelhas pálidas de Elsa deram um pulo jovial e uma fagulha se acendeu em seus olhos verdes.

Watson assentiu, com uma dose adicional de respeito. A jovem tinha uma natureza, ao mesmo tempo, atenciosa e boêmia.

Quanto a Pilar, ela gostaria muito de sair e dar um passeio. A formalidade da sala fazia suas pernas ficarem inquietas.

Elsa pareceu ser capaz de ler seus pensamentos.

— Queria me trocar para o jantar. Você gostaria de vir comigo? Temo que essa sala às vezes possa parecer um pouco fria.

Pilar gostou da ideia e as duas subiram lado a lado pela imensa escada.

Instantes depois, elas estavam sentadas no chão de uma pequena sala de estar, colada ao quarto de Elsa.

— Me conta daqueles dois meninos — pediu Elsa. — O garoto alto e magro de chapéu tem olhos muito intensos para alguém da idade dele. Me lembra muito o sr. Holmes.

— É o Ozzie. Ele é um gênio. Pode olhar para a caligrafia de uma pessoa e dizer tudo sobre a personalidade dela. Ele foi aprendiz de um escrevente, que na verdade era um falsário. E pode deduzir as coisas, igual ao sr. Holmes.

"E também é corajoso. Ele e o Wiggins salvaram a minha vida um dia. O cérebro do Ozzie trabalha rápido como um raio. Ele fica tão perdido em seus próprios pensamentos, que até se esquece de ter medo. Mas ele precisa ter cuidado porque tem pulmões muito fracos e se cansa com facilidade. A Mamá diz que as pessoas que têm pulmões fracos não vivem por muito tempo. — A voz de Pilar falhou e os olhos dela marejaram.

Elsa concordou, simpática.

— E o outro menino, o de cachos, bonito?

— Wiggins. Ele é o líder dos Irregulares de Baker Street. Também é inteligente, mas de uma maneira diferente da de Ozzie. Ele sabe onde procurar comida e como se entrosar com as pessoas. É capaz de sentir se um estranho está em apuros ou não. Ele já vive nas ruas desde os quatro anos de idade e construiu um lar para os Irregulares... num edifício abandonado... desculpe, mas eu não posso contar onde é.

— Você está querendo dizer que esses meninos vivem juntos? Sem ter pais e sem família?

— É uma turma inteira, doze pessoas no total, se contar o Alister, que está na casa de correção. A maioria dos pais já morreu, está presa ou abandonou os filhos. Mas eles têm uns aos outros. O Ozzie acha que tem um pai em algum lugar. Tem uma tia velha em Oxfordshire, que talvez saiba onde ele mora. Ele já vem tentando encontrá-la há vários meses.

— Como é que você disse que eles se chamavam? Os Irregulares de Baker Street?

— É assim que o Sr. Holmes os chama. Os Irregulares de Baker Street — explicou Pilar. Suas mãos pegaram nas dobras do cetim roxo de sua capa.

— Alguém fez isso para você?

— Sim. A minha amiga Penelope... quando a Mamá e eu viajávamos com o circo. — Um nó se formou na garganta de Pilar. Ela coçou a garganta e engoliu em seco.

— Quer dizer que você trabalhou num circo?! Que coisa exótica! O que é que você fazia?

— A Mamá fazia o papel de vidente. E eu ajudava — ofereceu Pilar, meio hesitante, em parte por causa da má experiência de Elsa com o Espiritismo, em parte porque... bem, a Mamá também era uma farsante. Se ela era capaz de mentir para a própria filha, por que não para totais estranhos?

Elsa assentiu, pensativa.

— A Tia Greta me dizia que algumas pessoas realmente têm o dom da clarividência. Você e a sua mãe têm?

Pilar alisou a dobra da capa.

— Não sei.

E por razões que ela não conseguia entender, acabou contando a Elsa toda a história de sua descendência espanhola e a invenção da Mamá sobre o fato delas serem ciganas. Não fazia parte da personalidade de Pilar ficar conversando sem parar com uma pessoa que ela mal conhecia. Só tinha compartilhado um pouco de tudo isso com o Ozzie e não havia falado absolutamente nada para o Wiggins.

— Será que realmente faz diferença de onde vocês são? — perguntou Elsa, quando Pilar terminou. — Não acho que a clarividência tenha a ver com os laços de sangue, e sim com poderes profundos e intuitivos que algumas pessoas conseguem canalizar e outras, não. Olha o caso do sr. Holmes, por exemplo.

— Ah, não! Esse aí só acredita na ciência. Para ele, a dedução é exclusivamente uma questão de ciência e de fatos concretos.

Mesmo assim, as palavras de Elsa surtiram algum efeito. Talvez tenha poderes intuitivos, pensou Pilar, mesmo não sendo uma cigana.

— É. Talvez — concordou Elsa. — Mas parece que aquele homem tem alguma coisa a mais na vida dele. Aposto que a minha tia concordaria. — Elsa acenou para Pilar.

— Bem, você nunca deve dizer isso *a ele* — disse Pilar. — senão, é capaz de abandonar o seu caso.

As duas riram e o sino tocou para o jantar.

CAPÍTULO TREZE

Coisas estranhas acontecem na mansão

— Deu para ver flashes espocarem nos arbustos e raios saindo pelas janelas! — disse Elliot, quando Ozzie e Wiggins o encontraram em seu posto, na frente da mansão.

— Se esse caso envolver algum tipo de maldade, ela é feita por seres humanos — asseverou-lhe Ozzie. Não era segredo para ninguém que Elliot era supersticioso. E Ozzie e Wiggins não podiam se dar ao luxo de perdê-lo por causa do medo.

— Não tenho medo nem de homens, nem de rapazes. Mas espírito... o meu pai me avisou dessas coisas. Tem muita gente boa que se deu mal *perturbando* quem não devia ser *perturbado*. — O rosto de Elliot ficou sombrio.

Wiggins podia perceber que ele estava falando da pequena Maureen, o bebezinho. Rohan uma vez contou a Wiggins que Elliot dizia que ela o visitava em seus sonhos, sempre de pijaminha, com uma coroa de louros sobre os cachos vermelhos.

Exatamente nessa hora, um bando de corvos passou guinchando no céu manchado de nuvens. Os meninos estremeceram na escuridão.

Antes que eles pudessem dizer a próxima coisa que fariam, alguém — ou alguma coisa — soltou um uivo que parecia vir de outro mundo, seguido por outro e depois mais outro. Elliot caiu para trás, pondo a mão no coração.

Wiggins olhou em todas as direções. Então, mais adiante na mesma rua, avistou Alfie. Quem o arrastava pela longa corda era o Rei Henrique, o autor dos ruídos.

— Elf, estou com vontade de dar uma paulada nessa sua cabeça, seu *cabeça-oca* — disse Elliot, quando eles se aproximaram.

— Oz, me dá o lenço e a gente pode ir atrás do sujeito que desapareceu. O Rei Henrique está pronto para o trabalho.

Wiggins segurou Alfie pelas orelhas.

— Há quanto tempo você saiu do seu posto? E se você deixou passar alguma coisa importante?

— Ai! Lá não tem nada, a não ser a cerca viva, chefe — respondeu Alfie, descontraído. — E eu quero um pouco de ação.

— Seu *girino*. A gente devia jogar você e esse animal direto no Tâmisa — disse Elliot, ameaçadoramente.

O Rei Henrique rosnou para ele.

Elliot grunhiu para o Rei Henrique.

— Já chega — apartou Wiggins. — A gente vai acabar brigando. Elf, pega esse cachorro e *chispa daqui*.

— Mas...

— Agora!

Alfie chutou uma pedra e franziu as sobrancelhas.

— Vamos lá, Henrique. A gente vai achar um caso para desvendar sozinho.

E, com isso, ele e o cachorro voltaram pela mesma rua.

Wiggins puxou os cabelos, frustrado, e então instruiu Elliot a ficar na posição, enquanto ele e Ozzie foram checar os outros.

Simpson e Fletcher disseram que ouviram alguns sons estranhos de coisas espocando nos fundos da mansão. Barnaby e Pete viram flashes de luzes coloridas vindos lá de dentro. Embora tenham feito seus relatos de uma maneira relativamente calma, os quatro pareciam assustados.

Enquanto Ozzie e Wiggins se esgueiravam por uma pequena rua lateral para encontrar Rohan, o cheiro de enxofre pairava no ar.

— Parece que todo mundo *ficou biruta*! — disse Wiggins.

— Mas a gente não acredita em mágica, né, meu amigo?

Wiggins sorriu.

— É.

Exatamente quando ele e Ozzie chegaram onde estava Rohan, perto da porta dos túneis, uma carruagem apareceu trotando ruidosamente perto deles. Os três meninos se esconderam atrás de caixotes vazios e viram o cocheiro erguer uma lanterna e balançá-la. Ozzie viu o rosto de relance. Imediatamente, ele reconheceu o cabelo sujo e cinza e a barba espessa. Wiggins apertou o ombro de Ozzie, indicando que havia percebido a mesma ligação.

Depois de examinar a rua por mais um minuto, o cocheiro bateu na lateral da carruagem. De lá saiu um homem de porte militar, envergando uma cartola. Caminhou rapidamente até a porta de entrada para o túnel, destrancou-a e acenou para o cocheiro, antes de desaparecer lá dentro.

Depois que o cocheiro partiu, Ozzie correu até a porta, encostou o ouvido nela e fez sinal a Wiggins e a Rohan.

— Vamos fazer uma tentativa, Wiggins.

As palavras de Holmes ainda ecoavam na cabeça de Wiggins: "*Não quero nenhum ato de heroísmo, rapazes.*"

No escuro, Ozzie viu o amigo hesitar. Será que ele estava respeitando a recomendação do Mestre, ou estava só com medo? Será que *havia* alguma coisa a temer?

— Nós temos que descobrir quem era aquele homem — disse Ozzie.

Wiggins concordou. Ele podia ver a expressão de medo na fisionomia de Elsa. E ainda havia a Shirley, presa em algum lugar daqueles túneis.

— E os cachorros?

— Que cachorros? — Rohan parecia alarmado.

— Se a gente ouvi-los, a gente volta — sugeriu Ozzie. — É só uma *lambidinha*, Wiggins.

— Sempre pense na hora de falar Cockney*, Oz. Tudo bem. Vamos dar uma olhadinha.

Wiggins tirou a chave que estava pendurada numa argola em volta do pescoço e passou a Ozzie.

---

*Diz-se do linguajar característico das pessoas da Zona Leste de Londres, historicamente habitada por operários. (*N. do T.*)

— O que é isso? — perguntou Rohan.

— Uma chave mestra. Abre a maioria das fechaduras. Os chaveiros usam isso aqui. E os ladrões também... Além dos detetives. — Ozzie encostou a orelha na fechadura, enquanto manuseava a chave.

— Uma vez fiz um favor a um chaveiro e ele me deu uma dessas — contou Wiggins a Rohan, quando a fechadura clicou e se abriu.

— Muito bem, rapazes — sussurrou Ozzie —, façam tanto silêncio quanto um...

— ... espírito — completou Wiggins e os três garotos entraram na passagem secreta.

CAPÍTULO CATORZE

Uma surpresa nos túneis

O túnel parecia cada vez mais escuro e frio comparado com a última vez que estiveram lá. O ar gélido cortava os pulmões de Ozzie. Ele pôs a mão dentro do casaco, procurando o tônico. Lutando contra a sensação desagradável de que um ataque estaria por vir, ele tomou um gole.

Enquanto isso, Wiggins tirou uma caixa de fósforos do bolso das calças e acendeu um. A luz era suficiente para iluminar uma pequena área em volta deles. Otimista, esperava que Shirley estivesse esperando, com as patinhas em cima dele, pronta para receber os torrões de pão que ele havia trazido. Mas não teve essa sorte.

— Shirley — chamava ele, baixinho, enquanto caminhavam.

Aquele espaço fechado e úmido irritava Rohan, assim como o cheiro, que, como os pés sujos de Elliot, faziam seu estômago embrulhar. Ele tentou se imaginar numa aventura de domingo com seu pai, passeando pelas margens do rio Tâmisa ou vendo um show de marionetes no parque. Até colocar iscas em anzóis era mais instigante do que engatinhar por um túnel escuro que poderia abrigar cães malévolos.

Wiggins ia acendendo um fósforo depois do outro até eles terminarem de atravessar a caverna e uma passagem que ia dar na porta iluminada do porão.

Nessa hora, um leve espocar interrompeu a tranquilidade.

— Vocês ouviram isso?

Ozzie e Wiggins balançaram a cabeça.

Continuaram por mais um minuto, quando uma explosão ou o barulho de um tiro ecoou a distância. Os três garotos ficaram paralisados.

Não dá para saber quanto tempo ficaram assim. Quando tudo pareceu se acalmar de novo, eles entraram no porão, onde Ozzie encontrou uma pequena lanterna pendurada num gancho na parede. Pegando os fósforos de Wiggins, ele a acendeu e caminhou pelo ambiente, de modo que os garotos pudessem examinar tudo: uma escada estreita que levava a uma porta no alto de uma parede, uma plataforma de um metro de altura no meio do porão, um tubo de metal que passava do chão até o teto, baús imensos, escadas e lanternas.

Os garotos remexeram em tudo. Num baú, Rohan encontrou capas, noutro Ozzie descobriu uma espécie de máquina — igual a um grande lampião com um longo cilindro subindo pela frente. Wiggins abriu um terceiro baú, pôs a mão lá dentro e levou um susto. O conteúdo emanava uma luz esquisita e, quando ele tirou a mão, ela estava brilhando.

— Isso queima, camarada? — perguntou Ozzie

Wiggins sacudiu a cabeça, sem acreditar no que estava vendo, e limpou a mão na calça, mas o brilho continuava.

Ozzie fez sinal para Wiggins e Rohan acompanhá-lo pela escada estreita. Lá no alto, eles abriram a porta e entraram por uma passagem apertada com paredes cheias de painéis. Acabaram dando numa janela com vista para uma sala octogonal, pobremente iluminada por lampiões. Uma mesa redonda e cadeiras de mogno ficava bem no meio dela.

— A sala das sessões espíritas — cochichou Ozzie.

— Por que tem uma janela?

— Isso não deve parecer uma janela do outro lado. A função tem que ser disfarçada de alguma maneira. Talvez seja um espelho — raciocinou Ozzie. — Senão, os clientes poderiam ver essa passagem.

Rohan levantou um objeto grande, que parecia uma luminária. Lá dentro, havia uma fila de refletores e o perfil recortado de um homem havia sido inserido na frente. Depois que os garotos examinaram, Ozzie o iluminou e descobriu que o recorte projetava uma silhueta.

À direita da janela, Wiggins percebeu uma corda que passava por duas roldanas. Quando puxou, a mesa no centro da sala começou a se levantar.

Ozzie girou um botão na base da janela e jatos de fumaça foram despejados no ambiente.

— Parece mesmo mágica, né, Wiggins?

A fumaça despejada ali o fez fungar. Ele tomou mais um gole do tônico.

— Vamos em frente.

Os garotos continuaram andando pela passagem apertada, que dava a volta na sala das sessões, até terminar numa parede. Eles voltaram, só que deram de cara com outra parede.

— Procurem algum tipo de alçapão — instruiu Ozzie. — Tem que ter alguma entrada para essa sala. Vou voltar para o porão e ver se tem uma entrada de lá para a sala das sessões.

— Oz... — disse Wiggins. — Deixa que eu vou.

— Estou bem — assegurou Ozzie. — E vou tomar cuidado.

Rohan e Wiggins foram tateando o caminho de um lado para o outro da passagem. Estavam passando pela janela que dava para a sala de sessões, quando Ozzie subiu num pulo, saiu do raio de visão deles e aterrissou com um baque surdo.

Wiggins e Rohan se entreolharam e então correram pela passagem em direção ao porão. Rohan parou e se encostou na parede para recuperar o fôlego, quando, num passe de mágica, um painel oculto se abriu atrás dele. Ele deu um grito e foi parar na sala das sessões, ao lado de Ozzie.

Ouvindo o baque, Wiggins atravessou o painel aberto e viu os dois garotos no chão. Ofereceu as mãos a ambos e sorriu.

— Vamos lá, pessoal. A gente não tem tempo para ficar deitado aqui.

CAPÍTULO QUINZE

Konstantine se revela

Depois de deixarem a sala das sessões, os garotos saíram correndo por uma entrada escura, até que vozes os interromperam. Eles esgueiraram-se por um canto, indo parar numa biblioteca mal iluminada. Um fogo crepitava na lareira. Prateleiras sem livros subiam até o teto, de uns cinco metros de altura. Tara estava sentada empertigada no sofá, discutindo com um homem. Apesar dos meninos só poderem ver as costas dele, estava claro que devia ser quem eles seguiram até a mansão: Spangler Zweig.

Por que ele teve que entrar e sair da casa por uma passagem secreta?, perguntou-se Ozzie.

— Tara, querida, toda pessoa rica de Londres que gosta de Espiritismo passou pelas nossas portas, nesses últimos meses. Os negócios nunca foram tão bem. Se continuar assim o resto do ano, nunca mais vamos ter que trabalhar. Não vamos mais precisar do dinheiro da moça.

Zweig falava com confiança e um leve sotaque apenas.

— Esse dinheiro pertence a *você* — contra-atacou Tara. — Há muitos anos que venho dizendo que você deve reclamar o que é seu por direito, mas você não o fez. Agora aquela búfala velha e infeliz morreu e olha onde estamos!

— Não há razão para se falar mal dos mortos, querida. O que você está propondo é uma medida extrema. Ganhar a confiança de uma cliente como a Greta e, então, colher a recompensa é uma coisa. Mas matar alguém é outra. Talvez nós possamos conseguir o mesmo dinheiro de outra maneira.

Tara se levantou e atravessou a sala com raiva.

— Não! Só quando aquela garota idiota morrer é que você vai ficar com tudo. E só aí a gente vai poder se livrar desse maldito negócio. Esse dinheiro também é do Konstantine. É um direito dele! Se você não quiser se livrar daquele traste, eu mesma faço isso.

Na escuridão, os garotos procuravam medir a reação uns dos outros. A "garota idiota" tinha que ser Elsa. Portanto, alguém *realmente* estava tentando matá-la — e era a Tara!

Ozzie guardou na memória cada mínimo detalhe do que foi dito ali. Entretanto, percebeu que um pedaço do quebra-cabeça não estava se encaixando e ficava espezinhando a cabeça dele: como é que o Spangler Zweig poderia ter direito à fortuna de Elsa?

Zweig foi até onde estava Tara e soltou os braços dela, que estavam cruzados com força sobre o peito. Puxou-a para si e deu um abraço.

— Adoro a sua força de vontade, querida. Eu mesmo vou terminar essa questão.

A lareira só fornecia uma luz tênue, mas quando Zweig se virou, os garotos viram um homem de aspecto rude, com cinquenta e alguns anos, e um bigode muito bem aparado. Ozzie achou que alguma coisa nele era familiar.

Enquanto os garotos assistiam à cena na biblioteca, Wiggins detectou uma luz tremulando no fim do corredor e vindo na direção de onde eles estavam. Deu um tapinha nos ombros de Ozzie e Rohan, e fez sinal para eles se mandarem.

Engatinharam até saírem num hall. Então, Wiggins os conduziu por uma grande escada circular até o segundo andar. Ali, eles correram até um quarto vazio e olharam por uma janela com vista para o jardim dos fundos. Lá perceberam, decepcionados, que era alto demais para que pudessem descer com segurança.

Wiggins puxou seu cabelo.

— Alguma sugestão?

Ozzie apontou na direção de uma janela, do outro lado da mansão. Ela se abria para uma calha que levava até o jardim.

Wiggins concordou com a cabeça.

— Vamos para lá.

Eles passaram pelo longo corredor. Felizmente, todos os quartos pareciam estar vazios. Rohan entrou num deles, pensando que poderia olhar por outra janela e calcular melhor a posição em que estavam. Mas deu de cara com um rosnado forte e latidos selvagens. Em um instante, dois cachorros ágeis e musculosos partiram em sua direção.

Rohan prendeu a respiração, pulou de volta para o corredor e bateu a porta atrás de si.

— Aqueles eram os cachorros que você falou, meu camarada? — sussurrou Rohan, buscando ar.

Os bichos continuavam a latir, ferozmente.

— Talvez a gente devesse voltar pelos túneis — sugeriu Wiggins.

Ozzie balançou a cabeça.

— A gente não pode se arriscar a voltar para o térreo.

Ele levou os garotos para o final da mansão, encostou o ouvido na porta e, com muito cuidado, a abriu.

O quarto estava escuro, com as cortinas cerradas. Os garotos mal podiam distinguir uma cama de quatro colunas, um guarda-roupa e uma pia. Sendo assim, correram para a janela que levava até a calha.

Quando estavam prestes a abrir a janela, uma intensa luz explodiu sobre a cabeça deles.

— Quem ousa atrapalhar o sono de Konstantine?

Os garotos se viraram, enquanto duas explosões fortes e uma chuva de fagulhas caía, emanando luz suficiente para que eles pudessem ver um garoto magro e de cabelos cacheados, com olhos penetrantes. Seu olhar foi pousar sobre Ozzie.

— O moleque da rua! Como foi que você entrou aqui, seu ladrãozinho? E por que você está me seguindo?

Os garotos gelaram. Wiggins e Rohan olharam para Ozzie, pedindo um plano.

— Você acha que vou chamar o espírito do seu pai? Ha! — debochou Konstantine. — Ele jamais iria querer visitar uma alma tão sem valor quanto a sua.

Rohan arregalou os olhos.

Ozzie sentiu a cabeça zonza. Será que o *pai dele* estava mesmo morto?

Antes que Ozzie pudesse imaginar o que fazer, Wiggins correu na direção de Konstantine, só para dar de cara com outra chuva de fagulhas que o jogaram para trás, contra uma parede com painéis de madeira.

Ozzie e Rohan assistiram, horrorizados, Wiggins desaparecer.

Ao mesmo tempo, vozes apressadas vinham do corredor.

Os olhos de Konstantine brilharam. Uma labareda saiu das mãos dele.

— Vou transformar vocês dois num monte de cinzas!

Rohan sentiu suas pernas correrem, partindo para cima de Konstantine, com um urro na garganta.

Konstantine lançou outra labareda, que fez Rohan sair correndo em busca de abrigo.

O quarto agora estava cheio de fumaça. O cheiro de enxofre fazia os olhos de Ozzie arderem e a garganta apertar. Ele se inclinou, tossindo. Foi aí que percebeu pedaços de cartolina atulhando o chão. Os poderes de Konstantine não eram sobrenaturais. O que ele estava jogando eram fogos de artifício.

Enquanto isso, Rohan, agachado ao lado da pia, esfregava o ombro. Ozzie viu para onde ele olhava e indicou a bacia. Quando Konstantine se preparava para lançar mais um explosivo, Rohan se levantou e jogou água fria em cima dele.

Konstantine soltou um grito agudo, que se transformou em soluços de choro.

De pé ali, de pijama molhado, ele parecia uma criança amedrontada, pega numa tempestade.

Ozzie riu.

— O grande Konstantine!

Só então ouviu-se uma batida na porta.

— Konny, abre essa porta agora!

Konstantine gritou:

— Papai, me ajuda!

— Para a janela, rápido! — disse Ozzie a Rohan.

Enquanto eles corriam para lá, a cama de quatro colunas deslizou pelo chão e fez Konstantine bater forte contra o guarda-roupa.

Ozzie e Rohan piscaram na penumbra.

De um buraco no chão onde ficava a cama, saiu Wiggins.

— Se os camaradas já acabaram de brincar, talvez a gente tenha tempo de *pinçar* um lanchinho na cozinha.

Ozzie e Rohan responderam ao sorriso dele e o seguiram correndo escada abaixo. Enquanto a cama deslizava por cima de um pequeno trilho em cima do buraco, dois homens arrombavam a porta.

CAPÍTULO DEZESSEIS

Os garotos voltam ao 221-B de Baker Street

— O sr. Holmes estava esperando vocês — disse Billy a Ozzie, Wiggins e Rohan, quando chegaram ao apartamento do Mestre.

Os garotos foram capazes de ouvir a música antes de o verem — uma melodia lenta e melancólica.

Os olhos do Mestre estavam fechados e o queixo dele estava voltado para dentro, prendendo o violino ao ombro esquerdo. Seu braço direito puxava o arco sobre as cordas, deslizando-o para cima e para baixo, num balé delicado. Seu corpo balançava com as notas, como se a música o movesse, em vez dos seus movimentos gerarem os sons. Ozzie achou aquilo hipnotizante.

A música fazia-o se lembrar de uma leitura que a Madame Estrella um dia tinha feito para ele.

— O ano que vem vai ser de muitos desafios e triunfos — disse ela. — Os espíritos estão me dizendo que alguém está cuidando de você. Vejo a figura de um homem, mas não dá para enxergar o rosto dele. Vejo pequenas nuvens jogadas no ar... Vejo sombras... Ouço um violino.

Será que era o pai do Ozzie que a Madame Estrella estava vendo? Será que ele também tocava violino? Ou era só o Sr. Holmes?

Tirando esses devaneios da cabeça, Ozzie voltou a se concentrar no Mestre. Ele percebeu que era mais do que a música o que o impressionava. Era o espírito com que o Mestre tocava. Ozzie nunca o tinha visto demonstrar paixão por coisa alguma, a não ser pelo trabalho.

A música sempre fez Wiggins querer cantar, mas a melodia que o Mestre tocava tinha um ritmo difícil de seus pés acompanharem. Ele deixou o olhar se desviar para uma cúpula de descanso de prata, pousada sobre uma bandeja na mesa. Seu estômago roncava. Eles não tinham comido nada desde de manhã.

Para Rohan, a música trazia de volta as lembranças de seu pai tocando flauta e sentiu uma sensação de algo queimando em seu peito.

Logo que Holmes abriu os olhos e viu os meninos, ele parou imediatamente de tocar e recolocou o violino sobre os montes de livros no canto. Os garotos aplaudiram, fazendo com que Holmes torcesse a cara, Ozzie não sabia dizer se de orgulho ou de constrangimento.

Holmes pigarreou e disse, secamente:

— Obrigado, rapazes, mas o Sarasate não tem o que temer.

Os garotos não tinham a menor ideia de quem ele estava falando, mas devia ser algum famoso violinista.

Holmes foi até o parapeito da lareira e pegou seu cachimbo. Observando Wiggins, que continuava olhando faminto para a bandeja, ele disse:

— Apesar dos melhores esforços da sra. Hudson, receio que não tenha nem tocado na comida que ela preparou para mim. Comer, para mim, às vezes é só uma amolação. Vocês estariam melhorando o meu relacionamento com a proprietária do apartamento se consumissem o meu jantar.

Apontou com a mão e acendeu um fósforo.

Os garotos caíram em cima da bandeja, então se sentaram no chão em frente à lareira e comeram galinhola fria com aspargos, usando as mãos.

Ozzie, Wiggins e Rohan se revezaram contando a história de como eles viram Spangler Zweig sair da carruagem e entrar na mansão pela passagem secreta. Animado, Wiggins descreveu os mecanismos que eles descobriram no porão e nos corredores. Ozzie explicou sobre as plataformas que o fizeram saltar pelo chão da sala das sessões.

Holmes ficou sentado na poltrona, assentindo e fumando o cachimbo. Apesar de todo esse trabalho, ele não parecia muito satisfeito.

— Quantas vezes será que preciso avisar a vocês, rapazes, para não se colocarem em situações perigosas. Entrar naquela casa foi uma atitude impensada e...

Antes que ele pudesse terminar, Pilar entrou rapidamente no apartamento sem ser anunciada e entregou a Holmes uma carta.

Pela primeira vez na vida, Wiggins se sentiu grato por ela ser atirada e interromper a conversa.

Holmes fez uma pausa e encarou Pilar, com um olhar zangado antes de examinar a carta. Então se levantou e atravessou a sala até a lareira.

Wiggins ofereceu o último pedaço de galinhola para Pilar, enquanto ela se ajeitava entre Ozzie e ele. Pilar balançou a cabeça.

— Já comi sopa de tartaruga, tainha vermelha e costeleta de cordeiro e teria que comer ainda mais, se essa carta não tivesse chegado. Nunca comi tanto na vida.

Wiggins olhou para a pequena carcaça da galinhola, que estava na bandeja, e depois de novo para Pilar.

— Quem não gosta de comer sempre fica com o banquete — murmurou, baixinho.

Pilar o ignorou e olhou para Holmes.

— Essa carta foi escrita por um homem que diz conhecer as circunstâncias que envolveram a morte de Greta Berlinger. O autor pede a Elsa que o encontre no meio da Ponte de Londres, no lado leste da passagem de pedestres, às dez horas, amanhã de manhã. Acredito que seja o mesmo homem que andou perseguindo Elsa na carruagem, o Spangler Zweig. O senhor não acha, sr. Holmes?

Relendo a carta, Holmes quase se remexia de tanta agitação. Seu olhar ia da carta para a lareira, onde a foto de Gunther Berlinger estava ao lado da velha carta que ele havia escrito para Greta.

Ozzie e Wiggins reconheceram o brilho nos olhos do Mestre: ele tinha acabado de confirmar suas deduções.

Pilar parecia chateada que Holmes tivesse ignorado sua pergunta.

— Sim, Pilar — disse ele, por fim, com a voz cheia de entusiasmo, mas os olhos ainda sem lhe dar atenção. — Você está certa.

Holmes colocou a carta no parapeito da lareira, ao lado da outra prova do caso. Juntou as mãos atrás das costas e caminhou na frente dos garotos.

— Rapazes, por favor, continuem com o resultado das investigações que vocês fizeram.

Ozzie teve vontade de uivar de frustração. O Mestre tinha resolvido o mistério — ele tinha certeza disso — e mesmo assim não ia dizer nada!

Ozzie apertou os olhos e estudou as duas cartas e a fotografia. A resposta está ali, refletiu. Se você pensar bem, vai poder decifrar esse caso pessoalmente. *Pense.*

Enquanto isso, Wiggins resumia a conversa que os garotos tinham ouvido, entre Spangler Zweig e Tara, e como esta havia convencido Zweig de que teria que eliminar Elsa.

— Eles são muito gananciosos, senhor. Eles querem o dinheiro da Greta Berlinger e acham que assassinar Elsa seria a solução.

— Essa é a parte que não entendo — disse Rohan. — Se eles matarem a Elsa, como é que vão ficar com o dinheiro? Será que não está depositado num banco, ou coisa parecida?

Holmes assentiu, sem dizer nada.

Wiggins continuou descrevendo o encontro que tiveram com Konstantine e a fuga.

— Fogos! — exclamou Pilar. Então, o pressentimento que ela tivera sobre ele estava *certo*. Aquele Konstantine era um farsante. Posso confiar na minha intuição, pensou.

Ozzie parecia tão em transe estudando as provas no consolo da lareira que mal ouvia o que os amigos falavam.

Holmes voltou para a poltrona.

— Wiggins, os frutos da sua investigação tiveram a maior utilidade e o fato é que nós já temos todas as peças desse quebra-cabeça, em parte por causa do seu trabalho. Mas, como dizia antes da Pilar interromper... — O detetive fez uma pausa e ergueu uma sobrancelha. — Vocês precisam se conter e avaliar melhor as situações no futuro.

Wiggins baixou a cabeça.

— Está bem, sr. Holmes.

— Agora, por favor, me digam como é que vocês seguiram o Spangler Zweig pelos túneis? Com certeza, ele deve ter fechado a porta atrás dele. — O olhar de Holmes era cortante como uma espada.

Ozzie saiu do transe e olhou simpático para o amigo.

— Bem, senhor, é...

Wiggins levou a mão à garganta. O humor de Holmes amenizou um pouco.

— Por favor, tire essa chave-mestra do pescoço, meu amigo. — Ele esticou a mão, enquanto Wiggins obedecia. — Admiro a sua engenhosidade. Muitos bandidinhos não sabem como conseguir uma chave dessas, nem como usar.

Um sorriso se abriu no rosto de Wiggins.

— No entanto — disse Holmes, fechando os dedos ao redor da chave —, vocês precisam ter mais cuidado. Por causa da situação de vocês, a polícia pode confundi-los facilmente com ladrões comuns e os prenderem, se algum dia forem pegos usando uma chave assim. Estão entendendo?

Os garotos assentiram, em parte, para atenuar o sermão do Mestre.

Pilar revirou os olhos. O Mestre podia até estar avisando para protegê-los, mas será que *ele também* não entrava ilegalmente na casa dos outros, se o caso exigisse? Por que os adultos podiam quebrar as regras, desde que tivessem uma desculpa para isso? A Mamá não tolerava que Pilar mentisse *em hipótese alguma*, mas, mesmo assim, ela se dava ao direito de fazer isso.

Ozzie se voltou de novo para a lareira. Estudando a fotografia, seu rosto de repente se iluminou, reconhecendo.

— Osgood, você tem alguma coisa a dizer? — perguntou Holmes.

Ozzie se sentou ereto e devolveu o olhar do Mestre.

— Sim, senhor. Acho que posso responder à pergunta do Rohan. Sei como o Spangler Zweig e a Tara podem ficar com o dinheiro da Elsa.

CAPÍTULO DEZESSETE

As deduções de Ozzie

— Antes de começar, senhor, posso usar a sua lente de aumento?

Holmes fez um gesto na direção da mesa.

Ozzie se levantou, pegou a lente e então voltou à lareira e ergueu a carta que Pilar tinha acabado de entregar. Ele estudou a caligrafia, analisou o papel e segurou-o contra a luz, o que revelou a marca-d'água.

Wiggins admirou o amigo, mesmo antes dele começar a falar suas conclusões. Além de saber que Konstantine era uma farsa e que a Elsa corria perigo, Wiggins não conseguia juntar as peças desse quebra-cabeça. Como Ozzie conseguia?

Peça por peça, Ozzie examinou as provas restantes: a carta que Elsa tinha trazido mais cedo naquele dia, a que Gunther mandara para Greta uns vinte anos atrás, e a foto do rosto de Gunther. As mãos de Ozzie tremiam de emoção.

— Estou pronto, senhor.

— Então, por favor — disse Holmes, fumando seu cachimbo.

Ozzie levou as mãos às costas e então caminhou até o centro da sala, onde todos podiam vê-lo. Ele havia aprendido com o Mestre que as pessoas deviam se divertir com as deduções, e um pouco de teatro alegrava a plateia.

— Primeiro, nós temos a sessão espírita, onde a Greta Berlinger morreu. Alguém, ou alguma coisa, apareceu fazendo o papel de Gunther. Seria um espírito ou um ator? — Fez uma pausa e deixou que o grupo ponderasse essa questão.

— Uma coisa é certa: a de que a semelhança física com o Gunther era tão grande que a Greta literalmente morreu de medo.

Ozzie estendeu as mãos, com as palmas voltadas para cima.

— Agora, muita coisa daquilo que a gente sabe foi entreouvida em conversas entre o Spangler Zweig e a Tara, mulher dele. A primeira foi descrita pelo Alfie e a segunda, nós mesmos ouvimos. Essas conversas mostram que Zweig e Tara planejavam se apropriar da fortuna de Greta, convencendo-a de que Konstantine poderia invocar a presença de Gunther. Eles *não queriam* matar Greta de susto, apenas ganhar a confiança dela através de uma série de truques e ficar com o seu dinheiro pelo caminho.

"A morte de Greta criou um problema. De repente, Zweig e Tara tinham perdido uma cliente rica e ingênua, e agora Elsa Hoff, a única beneficiária do espólio de Greta, herdaria todo o dinheiro dela. Mas... se a Elsa morresse, obviamente ela não ia poder herdar o dinheiro da Greta. É por isso que a Tara e o Spangler Zweig estão seguindo a Elsa e tentando matá-la. Eles têm um plano que vai permitir que o Zweig herde o dinheiro da Greta, depois que a Elsa falecer."

Ozzie fez uma pausa e seus olhos pousaram em Pilar. Um sorriso de orgulho se abriu no rosto dela.

Ozzie sentiu as bochechas ficarem coradas, mas foi em frente.

— No começo, Zweig queria desistir do plano. Mas Tara o convenceu a ir em frente, pelo bem do filho deles, Konstantine. — Ozzie levantou a carta que Pilar veio trazer. — Essa é a chave, o erro fatal. — Ozzie fez uma pausa, em parte para maior efeito, em parte porque estava tão agitado que precisava recuperar o fôlego.

Os olhos de todos pairavam sobre ele. Até mesmo Holmes parecia ansioso para que ele continuasse.

— O autor da carta pede a Elsa para encontrá-lo amanhã na Ponte de Londres. A marca-d'água mostra que o papel vem da Baviera. A caligrafia sugere se tratar de uma pessoa fluente em inglês, com influências alemãs e holandesas. As cartas têm floreios interessantes, quase que um desenho europeu continental. Mas aqui existe uma relutância, um estilo preso na caligrafia. A primeira ou as duas primeiras letras de cada palavra se relacionam com as outras, que se inclinam para a frente. Spangler Zweig vem da Baviera, mas é fluente em inglês. E apesar de concordar com os desejos da mulher, tem certas dúvidas quanto a matar Elsa.

Holmes fez que sim com a cabeça, para confirmar o raciocínio lógico.

— O que me confundiu no começo foi exatamente o que Rohan perguntou.

O rosto dele se iluminou.

— Como é que o Spangler Zweig vai ficar com a fortuna da Greta?

— Exatamente. Essa é que é a verdadeira questão nesse caso.

Ozzie tirou a foto do consolo da lareira e a mostrou a Wiggins e Rohan.

— Vocês reconhecem esse homem?

Eles ficaram olhando e até forçaram um pouco a vista, mas não registraram nenhuma familiaridade.

Ozzie tentou guiá-los um pouco.

— Imaginem esse homem 16 anos mais velho...

Os rapazes continuaram no escuro, mas Pilar ficou animada, quando fez a conexão.

— Ah, estou percebendo...

Ozzie parabenizou-a com a cabeça, andou até as cortinas e voltou.

— O homem que a gente vem seguindo, Spangler Zweig, na verdade é Gunther Berlinger, o marido que Greta perdeu há muitos anos. Não foi um ator *disfarçado* do falecido marido dela que apareceu fingindo ser um espírito na sessão. Foi *o próprio* Gunther Berlinger, coberto de maquiagem para esconder a idade e de pó fosforescente para brilhar. Esse foi o pó que você encontrou no porão da mansão, Wiggins.

Wiggins olhou para a própria mão, que finalmente havia parado de brilhar.

— E foi por isso que a aparição dele teve um efeito tão grande sobre a Greta — continuou Ozzie. — Ela sabia que era o marido dela, em carne e osso. E só o Gunther saberia o apelido carinhoso que ele dava para a Greta. *Bisho*...

— Mas como?

Ozzie coçou o queixo.

— Não tenho certeza de como, nem por quê, só sei que Gunther, por motivos próprios, fabricou sua morte, há muitos e muitos anos. O que está claro é que ele veio a Londres com o objetivo único de ficar com toda a fortuna de Greta.

Holmes assentiu, indicando que o Ozzie deveria continuar.

— E isso leva à resposta para a pergunta do Rohan: como é que o Spangler Zweig leva o dinheiro da Greta matando a Elsa? Como a Greta não tem nenhum outro parente que não a própria Elsa, só o Gunther tem o poder legal de reclamar a fortuna da Greta. Tudo o que ele tem a fazer é se apresentar, abandonar o nome falso, se identificar como o antigo marido de Greta e ficar com o dinheiro. Como a fortuna da Greta saiu de uma mina de ouro de um rancho que um dia pertenceu a ela *e ao* Gunther, quem é que iria contestá-lo, especialmente com a Elsa morta?

Holmes voltou a assentir, mas manteve a fisionomia impassível.

Ozzie olhou para o grande detetive, sentado na poltrona dele, fumando seu cachimbo como quem não quer nada. Ozzie se perguntou o que seria necessário para impressioná-lo verdadeiramente.

Ele não tinha percebido que tinha parado de falar, até Holmes dizer:

— Osgood, peço que conclua.

Ozzie respirou fundo.

— Desde que chegou a Londres, Gunther teve o cuidado de não ser visto na mansão, daí o uso que ele fez das passagens secretas. Mesmo que as autoridades suspeitassem que a Elsa fora vítima de um golpe sujo, seria difícil provar que o Gunther tivera qualquer coisa a ver com isso.

Ozzie pegou as duas cartas.

— Se houver alguma dúvida sobre essas conclusões, as cartas revelam tudo. Todos nós sabemos que a antiga carta trazida pela Elsa hoje de manhã foi escrita pelo Gunther há vinte anos. Se você a comparar com a carta que a Pilar acabou de trazer, fica bem claro que elas foram escritas pela mesma mão. Spangler Zweig e Gunther são a mesma pessoa.

Wiggins, Rohan e Pilar olhavam para ele boquiabertos.

A expressão sóbria de Holmes passou a mostrar o mais absoluto interesse.

— Muito bem, Osgood. Você cuidou mesmo de todos os detalhes importantes.

Ozzie sentiu o peito queimar de tanto orgulho. Ele queria mais elogios do Mestre, mas o detetive apenas o estudava em silêncio, com um olhar contemplativo, como se estivesse tentando descobrir de onde Ozzie teria saído.

Wiggins, Rohan e Pilar ainda tinham perguntas a fazer, que dispararam quase ao mesmo tempo:

— Onde é que o Gunther esteve esses anos todos?

— Por que ele desapareceu?

— Por que ele demorou tanto tempo para aparecer de novo?

Holmes desviou o olhar de Ozzie e os interrompeu.

— Tudo vai ser esclarecido amanhã. Por enquanto, sugiro que vocês todos se retirem para dormir. Wiggins, providencie para que alguns dos garotos continuem vigiando a mansão até amanhã de manhã. Preciso que você, Ozzie, Rohan e outro Irregular se encontrem com o Watson na Ponte de Londres, às 9h30 da manhã em ponto. Vou mandar uma mensagem para o Watson e a srta. Hoff esta noite mesmo.

Antes que Pilar pudesse protestar, Holmes se levantou e se dirigiu a ela.

— Será que posso pedir a companhia de você e da sua mãe para o café da manhã, digamos às 7h30?

Pilar se iluminou.

— Eu virei. Mas a minha mãe talvez não...

— Preciso de vocês duas — disse Holmes, com firmeza. — Diga à sua mãe que estou disposto a pagar um pequeno ordenado pelo tempo e pelo trabalho dela. — Depois ele se levantou e se dirigiu ao grupo. — Está na hora de sair da minha poltrona. Nós temos que pegar esses vigaristas imediatamente!

CAPÍTULO DEZOITO

Agitação na ponte de Londres

Os arcos de granito da Ponte de Londres se estendiam sobre o rio Tâmisa como duas grandes serpentes. A ponte, ladeada por duas passarelas para pedestres, ia de Londres, na margem norte do rio, a Southwark, no lado sul, e geralmente era uma via bem movimentada. Porém, naquela manhã clara e seca de outono, uma charrete caída tinha feito todo o tráfego no meio da avenida parar.

Seguindo as instruções de Watson, dadas mais cedo naquela manhã, os garotos tomaram suas posições. Na passarela no meio da ponte, Wiggins cantava para os transeuntes, enquanto um vento cortante batia, vindo do rio.

"Deixe a saúde da Bela flanar,
A Bela das alegrias celestiais;
E se houver confusão
Por parte daqueles que odeiam as mulheres
E que desejam negar a saúde da Bela..."

Ao lado dele, Ozzie se recostava na murada de pedra da ponte, esticava o chapéu e procurava Elsa na multidão.

Muita gente atravessava a ponte, indo para Southwark. Mas a maioria dos passantes tinha pressa demais para ser generoso com as moedas. Até os acessos de tosse de Ozzie não pareciam despertar muita simpatia esta manhã.

Elliot estava em pé no fim da ponte, no lado de Southwark, também pedindo esmolas, e com uma expressão de melancolia no rosto. Rohan varria o lixo da passarela, no lado londrino.

Enquanto isso, Watson atravessava a ponte inteira. Mais cedo, ele havia informado a Elsa sobre o envolvimento de seu tio no caso e lhe contou que a pessoa que ela provavelmente veria hoje seria Gunther.

Wiggins terminou o último refrão da música, conferiu o chapéu vazio de Ozzie de cara amarrada, e observou a rua engarrafada.

— Tem muita gente, Oz. E se a gente não vir o Gunther pegar a Elsa?

Nesse momento, um assobio alto veio da direção onde estava Rohan. Ozzie e Wiggins olharam para lá e viram seus cabelos pretos acima das outras pessoas. Depois que eles se viram, Rohan indicou Elsa sob um chapéu-coco preto, indo na direção deles. Ao mesmo tempo, ele apontou para um sujeito alto e bruto, num sobretudo rasgado, caminhando com uma bengala de madeira nodosa. Parecia estar seguindo Elsa a pouca distância. Rohan foi atrás deles.

Sem notar nenhum dos dois, Elsa continuou olhando firme em frente e caminhando.

— O Gunther deve ter se disfarçado — sussurrou Wiggins.

— Aquele homem é alto demais e magro demais para ser o Gunther — observou Ozzie. — Mas ele tem um aspecto ameaçador. Pergunto-me o que o Gunther está tramando.

Antes que o Wiggins pudesse divagar sobre o futuro de Elsa, ela passou por eles. Evitando mirá-lo nos olhos, foi até a beira da ponte e ficou olhando para o Tâmisa. O brutamonte também parou ao lado de Ozzie e olhou para a água do rio. A alguns metros dali, Rohan voltou a varrer o chão.

Wiggins vigiou Elsa com muita atenção, enquanto dava início a mais uma música:

"Acabei espiando uma linda donzela
E foi sobre o rosto vermelho e rosado dela
Que as lágrimas se derramavam
Pensei que ela fosse uma fada ou uma deusa..."

Depois de alguns minutos, Ozzie pôs a mão no ombro de Wiggins e assentiu com a cabeça, meio de lado. Passando no meio da multidão, bem-vestido e balançando uma bengala, estava Gunther Berlinger. Dois homens o guardavam de cada lado. Pareciam dois armários. Um deles tinha a cabeça grande, careca como uma bola de canhão, e o outro tinha um raio tatuado no rosto.

Wiggins murmurou bem baixinho:

— Srta. Hoff, não olhe agora, mas fique preparada. O seu tio está chegando.

Elsa se retesou, enquanto Gunther caminhou casualmente até ela. Ozzie observou que, na luz do dia, ele parecia mais velho.

O barulho do tráfego de pedestres abafava a conversa, mas Ozzie e Wiggins ouviram Elsa dizer a Gunther "acho que não" e este rebater dizendo "você não compreende".

Então, Gunther segurou Elsa pelo braço. No começo, ela resistiu. Mas Gunther sussurrou alguma coisa que Wiggins não conseguiu ouvir e ela aceitou. Os guarda-costas ganharam espaço no meio da multidão e foram abrindo o caminho para eles.

Ozzie e Wiggins os seguiram o mais discretamente possível. Watson e Rohan acabaram se juntando a eles, exatamente quando os armários de Gunther bloquearam-lhe a frente. Quando Watson tentou passar à força, os homens o agarraram.

Não havia tempo para Rohan ficar pensando no próximo passo. Com a velocidade de um touro raivoso, arremeteu de cabeça contra um deles, jogando-o no chão. Watson e Wiggins lutaram com o outro e logo todos os cinco corpos estavam se debatendo num emaranhado de gente.

Enquanto isso, Ozzie perseguia Gunther e Elsa. O brutamonte alto, que Ozzie espiava de rabo do olho, agora parecia estar atrás *dele*.

Ozzie foi se esgueirando entre os coches e carruagens, aproximando-se de Gunther e Elsa e, ao mesmo tempo, tentando despistar o brutamonte. Mas o homem já estava quase em seus calcanhares.

Nesse exato instante, gritos histéricos surgiram do meio da multidão, enquanto dois cavalos brancos galopavam até a passarela. Montando um cavalo e segurando as rédeas do outro, estava o motorista da carruagem, o de cabelos desgrenhados. Em pânico, os pedestres pularam para o meio da rua, se agarraram à amurada da ponte ou se deitaram no chão.

O motorista de Gunther foi até ele e lhe passou as rédeas do cavalo vazio. Quando Ozzie se aproximou, o motorista soltou o chicote e o lançou em cima dele. Mas logo antes de ser atingido, ele sentiu um puxão para trás. Quando se virou, prendeu a respiração.

Pairando sobre ele estava um sujeito alto e mal-encarado. Suas mãos grandes e esqueléticas agarravam seu ombro com força. Foi tudo o que Ozzie pôde fazer para lutar contra a tosse e manter a cabeça no lugar.

Uma voz murmurou em seu ouvido:

— Osgood, será que sempre tenho que avisar para você não se meter em nenhum ato de heroísmo desnecessário?

Mestre?

Ozzie sorriu. E Holmes o soltou.

Antes que o detetive pudesse ralhar ainda mais com ele, Gunther, que vinha se debatendo com Elsa, lhe aplicou um soco no queixo, deixando-a inconsciente sobre a sela. Enquanto Gunther subia no cavalo, Holmes partiu para cima do homem de cabelos grisalhos, que brandiu o chicote contra ele. Holmes esticou o bastão e o chicote enrolou nele. O detetive, então, puxou o bastão e mandou o chicote pelos ares.

A essa altura, Gunther havia virado o corpo de seu cavalo e cavalgava na direção de Southwark, com o motorista atrás dele.

Holmes e Ozzie vasculharam a ponte à procura de uma charrete ou de um cavalo que eles pudessem alugar para segui-los, mas todos os veículos estavam presos no trânsito.

De repente, como se fosse um canhão, Elliot entrou disparado pela passarela de pedestres, gritando e sacudindo seu casaco de retalhos sobre a cabeça.

Gunther conseguiu impedir que seu cavalo se assustasse, mas a égua do motorista deu um coice em Elliot, fazendo-o rolar no chão. Com Elsa caída sobre a sela, Gunther e o motorista cavalgaram para fora da ponte e desapareceram de vista.

Holmes e Ozzie se revoltaram jogando os braços para cima, frustrados.

CAPÍTULO DEZENOVE

Holmes e Ozzie fazem planos diferentes

Quando finalmente conseguiram um coche de aluguel, Holmes, Watson e os meninos dispararam pelas ruas. Agitado, Holmes tirou o disfarce. Quando falou, não ficou claro a quem ele se dirigia.

— A srta. Hoff veio pedir a minha ajuda e eu praticamente a joguei nas mãos do tio. Subestimei o sr. Gunther Berlinger. — Sua voz estava estridente, num ponto que Ozzie nunca tinha ouvido. — Felizmente, ainda tenho uma última cartada. Espero que não seja tarde demais.

— Mas o Gunther já sumiu há muito tempo. Como é que a gente vai saber para onde ele foi? — A voz de Wiggins parecia estar tão dolorida quanto seu corpo.

— O Gunther provavelmente vai levar a Elsa de volta para a mansão — respondeu Holmes, secamente.

— Vamos chamar a Scotland Yard e invadir aquela casa. — Rohan, que passara ileso por toda a confusão, se viu surpreso fazendo essa sugestão.

Watson se afundou pesadamente nas almofadas do coche e suspirou, exausto da fuga.

Se Elliot tinha alguma opinião sobre o que fazer, guardou-a para si. Ele cuidava de seu braço direito e olhava pela janela. Na hora, nao pareceu grande coisa, mas Ozzie agora percebia que Elliot havia sido atingido pelo cavalo com muita força.

Sentindo o baixo-astral de seus assistentes, Holmes estalou os dedos para acordar todo mundo.

— Eu não estou convencido de que a Scotland Yard vai utilizar a sutileza necessária nesse caso. Só vocês, meus amigos, sabem trabalhar com a devida mistura de alarde e precaução. A vida de Elsa Hoff pode muito bem depender disso.

Com isso, os garotos se empertigaram e esperaram pelas instruções seguintes.

Holmes descansou o queixo na palma da mão. Ozzie podia vê-lo se desligando cada vez mais, à medida que elaborava os próximos movimentos. Ele deixou seus pensamentos vagarem. Lentamente, uma ideia foi se formando na borda de sua mente. Esperou que ela cristalizasse.

— Nós devemos atacar em duas frentes — disse Holmes, com a habitual determinação. — Watson, você e os Irregulares vão se infiltrar na mansão pelos túneis.

Watson fez uma careta de desgosto, que Holmes simplesmente ignorou.

— Sejam discretos. Procurem a Elsa, sem que percebam a presença de vocês. Lembrem-se que nós estamos lidando com pessoas perigosas e imprevisíveis.

— Tenho uma sugestão, senhor — disse Ozzie.

Holmes olhou para ele.

— Acho que alguém que conheço pode ser capaz de dar proteção e assistência adicionais... — Ele parou e não falou mais. Ainda não queria compartilhar todo o seu plano.

— Osgood, confio na sua capacidade de julgamento. Pode trazer essa pessoa, se você estiver totalmente certo de que pode confiar nela. De minha parte, vou distrair os ocupantes da mansão.

— Como? — perguntou Wiggins.

Holmes sorriu.

— Entrando pela porta da frente, é claro.

CAPÍTULO VINTE

Os Irregulares montam seu ataque

Exatamente duas horas mais tarde, Watson, Ozzie, Wiggins, Rohan, Elliot e Carlos se agacharam no esconderijo e viram uma magnífica carruagem entrar pelos portões da mansão de Konstantine. Quando o mordomo abriu a porta, dela saíram um homem pesado e de compleição escura, com um bigode bem aparado; uma mulher atraente, vestindo um xale preto de renda e um lenço de cabelo da mesma cor; e uma garota, vestida de uma maneira semelhante, parecida com ela.

Wiggins pegou sua luneta e olhou para os rostos deles.

— São eles.

— Então vamos em frente — disse Watson.

Alfie vai se arrepender de estar perdendo tudo isso, pensou Wiggins. Desde que foi embora ontem, o garoto tinha ficado totalmente deprimido e, hoje de manhã, saiu do Castelo sem sequer ter desjejuado. Hoje à noite vou recompensá-lo com um banquete, pensou Wiggins para si mesmo, enquanto Ozzie, Rohan e Elliot conduziam Watson e Carlos até a entrada dos túneis.

Olhando para a cicatriz no pescoço de Carlos, Ozzie se sentiu orgulhoso de seu plano e de Carlos ter concordado em fazer parte dele.

— Nem sempre fui o cidadão respeitável que você está vendo à sua frente. Já fiz algumas coisas complicadas nesta vida — disse ele a Ozzie naquela manhã, quando o garoto foi lhe pedir ajuda. — Talvez isso ajude a equilibrar a partida.

Eles chegaram à mesma rua lateral, onde dava a porta do túnel, e encontraram um vulto de cabelos brancos bloqueando a passagem. Wiggins percebeu um coche estacionado alguns prédios mais abaixo e fez sinal para os outros entrarem num beco que havia ali ao lado.

— É o motorista da carruagem do Gunther — gemeu Wiggins, baixinho.

— Tenho uma ideia — disse Ozzie. — Elliot, venha cá.

Um homem solene e atarracado recebeu os visitantes no grande hall da mansão.

— Vossa Excelência, *Señor* Embaixador. *Señora* e *Senõrita*, sou Christopher Brown, guardião de Konstantine. — Curvou-se para cada um deles.

— O embaixador esperava ser recebido pelo próprio Konstantine. E o senhor deve se dirigir a mim como Madame Embaixatriz — informou a mulher a Christopher, com um cumprimento perfunctório.

— Papá, essas pessoas não têm o menor senso de respeito e de como se comportar adequadamente — acrescentou a filha. — Talvez nós devamos procurar outro médium para contatar Juan Philipe.

— Nós... bem... não quisemos desrespeitar de maneira alguma, senhor. Só que é nosso costume...

Com um gesto, o embaixador dispensou aquele pálido pedido de desculpas.

— Isso basta. Não me importo mesmo com essas formalidades. Quero ver esse tal de Konstantine *pronto*. Agora!

Christopher se curvou, meio confuso.

— É claro, senhor. Venham comigo.

O motorista de Gunther olhou para cima e viu seu cavalo trotando até ele, levando a carruagem.

— Meu Deus — praguejou. — Jurava que tinha travado a alavanca do freio.

Olhando rua abaixo e depois por cima do ombro, ele caminhou na direção da carruagem. O cavalo agora estava trotando mais rápido, com as rodas da carruagem destruindo o calçamento.

— Princesa! — gritou. Então, vendo as rédeas se mexerem sem um motorista ali para puxá-las, ele correu mais rápido e sacudiu os braços no ar.

— Princesa?

Mas o cavalo foi galopando direto para cima dele e o derrubou.

Debaixo de um cobertor, Elliot surgiu no assento do motorista. Pegando as rédeas, gargalhou:

— Que tal ser atropelado pelo próprio cavalo, hein, seu *energúmeno*?

O motorista gemeu e se pôs de pé. Correndo atrás da carruagem e rogando um monte de pragas, ele nem percebeu Wiggins, Watson, Carlos e Rohan se esgueirando pelas sombras.

— Belo truque — Carlos comentou com Ozzie, depois que voltou para a entrada secreta.

— O Elliot é perigoso quando está com raiva — disse Ozzie. Ele se virou para Rohan, que ergueu uma lanterna do chão. Tinha uma cobertura que passava por cima da lente, para escurecê-la.

— Parece que o nosso amigo dos cabelos revoltos deixou uma lanterna blecaute para a gente — falou.

Wiggins girou o botão, mas a porta para os túneis estava trancada.

— Que falta de sorte. E agora?

Watson mexeu no bolso e tirou dali a chave-mestra.

— O Holmes disse que talvez nós fôssemos precisar disso.

Percebendo que Watson não tinha a menor ideia de como usar aquilo, Ozzie pegou a chave. Então, com a habilidade de um criminoso experiente, se ajoelhou, inseriu-a na fechadura e girou até que o fecho deu um clique e se abriu.

Tara recebeu o embaixador da Espanha e sua família na sala com muita cortesia. Trajava um vestido preto, bem cortado, que acentuava seu corpo esbelto, e seu cabelo estava preso num coque firme. Indicando a mesa e as cadeiras no centro da sala das sessões, ela disse:

— Por favor, acomodem-se.

Os três visitantes se sentaram.

Tara também se sentou numa cadeira.

— Já fui até a *España*. Achei o país muito boni...

— *Señora*, apreciaria que me poupasse dessa sua *charla*. Nós não temos tempo para papo furado. Viemos aqui para ver Konstantine e estamos ansiosos para fazer contato com o nosso filho.

De dentro do paletó, o embaixador tirou uma bolsa de couro e colocou-a na mesa.

— Mais de duzentas libras em ouro. E isso é só uma migalha. Se os poderes de Konstantine forem verdadeiros, e ele puder nos unir de novo com o nosso amado Juan Philipe, a recompensa será muito maior.

A mulher do embaixador começou a chorar. A filha olhou para ela e lágrimas também surgiram.

Tara estava com os olhos fixos na bolsa. Ela limpou a garganta e fez um sinal para Christopher.

— O que você está esperando? Traga o Konstantine para cá agora!

A lanterna blecaute lançava um facho longo, como o farol de uma locomotiva. Wiggins conduziu Watson, Ozzie, Rohan e Carlos para dentro do túnel. Periodicamente, ele escurecia a lanterna para que pudessem se levantar e escutar. Tudo estava silencioso.

Quando chegaram ao centro da caverna principal, Wiggins indicou que deviam começar a procurar Elsa — até que ele ouviu passos no chão de terra, acompanhados por uma série de rugidos baixos.

Num instante, os dois cães, com os dentes rangendo, saltaram em cima de Wiggins. A lanterna quebrou. Wiggins gritou. Ozzie correu até lá, levantou a lanterna e a utilizou para bater no focinho de um dos cães. Ele ganiu e soltou os dentes da perna de Wiggins.

Rohan tentou puxar o outro cachorro de Wiggins, agarrando as patas traseiras, mas ele se virou e o mordeu no braço.

A essa altura, o cachorro em que Ozzie havia batido se recuperou e pulou para cima dele. Mas Carlos intercedeu, agarrando o cão pelo pescoço. Ele enganchou o outro braço em volta do tronco do animal e o imobilizou com uma chave de braço fortíssima. O cachorro se debateu com a cabeça, mordendo o ar.

Seguindo o exemplo de Carlos, Watson pegou o pescoço do cachorro que mordia Rohan e bateu no focinho dele até o garoto se ver livre das garras da fera.

— O que a gente faz com esses dois cães? — Watson lutava para imobilizar o cão com a mesma força que Carlos aplicava no dele. — Nunca vi nada parecido com eles. Parecem uns terriers gigantes, mas ágeis e fortes como Rottweilers.

Rohan esfregou o braço e puxou a manga do casaco para examinar a mordida. Felizmente, não havia laceração da pele.

— Nós podíamos levar os dois pelo túnel e soltá-los na rua. Só que assim eles podem atacar pessoas inocentes. — E fez uma careta ao pensar nisso.

— As algemas! A gente pode prendê-los pela coleira. — Wiggins apontou para um dos túneis. Ele tinha uma mancha de sangue na parte superior da coxa da perna direita e a manga, deste mesmo lado, havia sido totalmente arrancada, revelando um arranhão enorme.

Ozzie ajudou Wiggins a se levantar e ergueu a lanterna para iluminar o caminho. Wiggins foi mancando ao lado dele.

Mais atrás, Watson e Carlos lutavam para manter os cachorros calmos e quietos.

— Calma, meus queridos — cantarolou Carlos. — Não fiquem nervosos.

Watson resmungou.

Konstantine entrou na sala com um longo robe de veludo vermelho.

— Excelência, permita que lhe apresente o médium de fama internacional... Konstantine. — Christopher fez um amplo gesto na direção do garoto.

O embaixador o cumprimentou com a cabeça.

Konstantine se curvou, todo cheio de si. Jogando o robe dramaticamente para trás, se sentou, enquanto Christopher reduzia a iluminação das lamparinas de óleo e se retirava.

— *Perdóname*, mas gostaria de fazer uma pergunta — interrompeu a filha do embaixador.

Tara deu um sorriso forçado.

— Estou certa que Konstantine terá o maior prazer em responder à sua pergunta.

— Você vai realmente trazer o meu irmão ou só vai chamar a voz dele?

— Vou tentar chamar o seu irmão na forma humana, mas pode ser que seja necessária mais de uma visita. — Seus olhos brilhavam de confiança.

— Por quê?

Konstantine lançou um olhar para a mãe.

— Às vezes, os espíritos relutam um pouco. Invocar os mortos não é igual a convidar alguém para tomar chá.

— *¡Cielos!* — exclamou a mulher do embaixador. — Nós já sabemos muito bem disso. — Então, virando-se para o embaixador, acrescentou: — Excelência, essas pessoas não têm modos?

O embaixador esticou a mão para pegar a sacola de couro em cima da mesa.

— Espera! — Tara quase gritou. — Quer dizer... ele, ou melhor, nós pedimos desculpas. Vamos em frente.

— Muito bem — disse a filha do embaixador, em tom de desafio. — Acho que o meu irmão gostaria de me ver agora.

— Cadê as algemas? — perguntou Wiggins, quando chegaram ao fim do túnel. — Ontem tinham correntes e algemas aqui, penduradas na parede.

— Isso é ridículo — disse Watson, um pouco acalorado. — Nós estamos presos a esses cachorros, quando devíamos estar procurando a srta. Hoff e ajudando o Holmes. — Nessa hora, o cachorro que Watson estava segurando rosnou e se debateu.

Carlos suspirou.

— Não se pode culpar os cachorros pelas influências que eles receberam dos donos.

Ozzie apontou a lanterna para a parte de cima da parede que se erguia à sua frente. Parecia mais limpa e mais refinada do que as outras. Recuando um pouco, viu uma tocha vazia, que brilhava como se fosse nova. Quando Ozzie a pegou, a parede girou, expondo uma pequena alcova. De lá saiu um som abafado, como se fosse de um animal em perigo.

E foi aí que eles a viram.

CAPÍTULO VINTE E UM

Os vigaristas são expostos

Enquanto a parede rodava, Elsa, acorrentada, era trazida com ela. Seus pedidos de socorro eram abafados por uma mordaça.

Wiggins mancou até ela. Exatamente quando ele começava a retirar a mordaça, sua mão passou em alguma coisa peluda junto ao bolso da prisioneira. Ele levou um susto. A coisa peluda colocou a cabeça de fora, pulou nos braços dele e de repente Wiggins sentiu vontade de gritar.

— *Shirley!*

O furão se aninhou debaixo do queixo dele. Wiggins acariciou sua pele macia.

— Está tudo bem, garota. Você estava protegendo essa dama.

Enquanto os dois curtiam o reencontro, Ozzie deu a volta em torno deles e tirou a mordaça da boca de Elsa.

Ela massageou a mandíbula e soltou um gritinho abafado.

— Não sei como foi que vocês me encontraram. Tinha certeza de que eles iam me deixar aqui até morrer. — Olhou para Wiggins. — Você conhece essa criatura? Ela estava enfiada no meu bolso. Quase morri de medo.

— A Shirley é uma das melhores amigas que você pode ter — assegurou-lhe Wiggins. — Ela estava lhe fazendo companhia e ainda por cima cuidando de você.

Elsa esboçou um sorriso.

Enquanto isso, a parede continuava a rodar. Logo antes que o compartimento à sua frente voltasse a se fechar, Carlos enfiou o cachorro lá dentro e ajudou Watson a fazer o mesmo. Os animais uivaram por um minuto, até que a parede terminou de girar e fechou completamente. Aí se fez silêncio.

— Estamos muito felizes de termos sido úteis, Srta. Hoff — disse Watson, como se a tivesse resgatado sozinho.

Ozzie virou os olhos e examinou os fechos da algema de Elsa.

— São pequenos demais para a chave-mestra. E agora, Wiggins?

Wiggins balançou a cabeça.

Carlos removeu um pequeno arame de dentro do bolso e o entortou.

— Desculpe-me, senhorita. Posso ver o seu pulso?

Elsa ergueu as algemas.

Carlos deu mais uma volta no arame, depois o inseriu no fecho e girou. O primeiro trinco abriu. Carlos tirou a algema do pulso esquerdo de Elsa, e então começou a trabalhar no direito.

Wiggins, Ozzie e Rohan olharam uns para os outros, impressionados.

— Já fiz muita coisa na vida — disse Carlos. — Até as desonestas me ensinaram algumas técnicas úteis.

— Obrigada — disse Elsa, esfregando os pulsos, depois que os dois foram soltos.

Carlos pegou uma das mãos dela e a ajudou a se levantar.

— Não há de quê. E agora — disse ele, sorrindo —, acho que o Ozzie tem uma ideia para a gente se divertir um pouco.

O embaixador, sua família, Tara e Konstantine estavam sentados à mesa, de mãos dadas.

A bola de cristal estava iluminada com uma luz verde brilhante. Enquanto Konstantine cantava, raios de luz saíam dela. Um violão do outro lado da sala flutuou a um metro de altura e começou a tocar flamenco.

Os clientes viam, ouviam e esperavam ansiosamente.

Quando chegaram ao fim do túnel, Ozzie e os outros pararam na frente de uma porta que levava até o porão. Ozzie diminuiu a luz da lanterna e apontou para o corredor.

Daquele ponto de vista, eles testemunharam Christopher manobrando uma imensa lanterna. Ela projetava um raio verde num espelho estrategicamente posicionado. O raio subia pelo tubo que desaparecia no teto. Christopher, então, colocou uma bola de espelhos na frente da lanterna, girou e removeu um filtro verde da lente. Pintinhas de luz branca corriam pela sala e refletiam no espelho.

Watson não perdeu tempo.

— sr. Brown, se o senhor puder encostar na parede... O show terminou.

Christopher se assustou ao vê-lo ali. Ele abaixou o mecanismo, como se estivesse obedecendo. Mas então se abaixou e estava prestes a se atirar sobre Watson, quando parou de repente e levou a mão no coração. A cor sumiu de seu rosto e o corpo inteiro tremeu.

— E-e-e-eu... pensei que v-você tivesse m-m-m-morrido...

Carlos levantou o queixo para expor a cicatriz que lhe atravessava o pescoço.

— Você e a sua irmã trabalham muito bem, Chrissy, mas não fizeram um trabalho completo. Agora sente aí no chão, como um bom sujeito, antes que comece a ter umas ideias de vingança muito ruins.

Christopher obedeceu prontamente.

Wiggins apontou para as escadas que dariam na passagem que circundava a sala de sessões.

— Quem está lá em cima?

Quando Christopher não respondeu, Ozzie falou:

— Deve ser o Gunther.

Carlos encontrou uma corda enrolada num canto do quarto. Dando alguns nós, foi até Christopher.

— Esses garotos estão falando com você, Christopher, e são meus amigos. — Ele puxou a corda entre as mãos. — É melhor você ouvi-los. Agora, o outro sujeito lá em cima é o Gunther?

Christopher assentiu, enquanto Carlos o amarrava.

— Ótimo, então. O que a gente faz agora? — perguntou Carlos.

Watson pigarreou, mas, antes que pudesse responder, Ozzie falou:

— Sigam-me.

Na sala de sessões, a bola de cristal escureceu. Konstantine parou de cantar e os clientes olharam para ele, perplexos.

Tara se retesou.

Konstantine se recompôs e continuou a cantar, porém o cristal continuou escuro e sem vida.

— Cadê o meu irmão? — perguntou a filha do embaixador, numa voz estridente. — Eu quero ver o meu irmão! Você mentiu para nós!

Os olhos da mãe se encheram de lágrimas, enquanto ela colocava a mão no ombro da filha, para consolá-la.

— *Lo siento, hija.*

As duas se abraçaram e choraram.

Nessa hora, uma luz brilhou através do espelho na parede e o perfil de um rapaz apareceu refletido nela. Vozes ecoaram na sala, em resposta ao canto de Konstantine. Tara relaxou.

Mas com a mesma rapidez com que apareceu, a luz atrás do espelho se apagou. O perfil desapareceu. Um barulho alto de arranhões substituiu a cantoria. E o som de um tumulto surgiu de trás das paredes.

O embaixador pousou os olhos em Tara e Konstantine, que, por sua vez, correram os seus por toda a sala.

— Espíritos, estou tentando encontrar o filho desse distinto cavalheiro — entoou Konstantine, mas dessa vez havia um tremor visível em sua voz. — Ó, espíritos, falem comigo!

Num jato de fumaça, um vulto apareceu, com uma luz verde brilhante.

Tara olhou para cima, depois se levantou e recuou. O vulto verde caminhou em sua direção, com os braços esticados.

— Vim te buscar, senhora, pois a senhora me enganou!

Tara soltou um grito agudo.

Konstantine viu sua mãe, perplexo.

Carlos caminhou na direção dela e a colocou contra a parede.

Visivelmente aterrorizada, Tara sacou uma faca de dentro do vestido e a brandiu. Mas suas mãos tremiam com tanta força que o objeto caiu no chão. Naquele instante, Gunther saiu por um painel na parede e correu pela sala. Rohan, Watson e Wiggins partiram atrás dele.

Konstantine correu para ajudar a mãe, justamente quando Ozzie e Elsa entraram pulando pelo chão diante dele.

Ozzie viu o embaixador da Espanha ir atrás de Gunther. A mulher e a filha do embaixador se aproximaram de Konstantine por trás. E tiraram os lenços.

Quando Konstantine se virou para encará-las, perguntou:

— Quem são vocês?

Sem que ninguém soubesse, um pequeno vulto se postava do lado de fora da mansão, a pouco mais de um metro da porta de entrada. Quando Gunther saiu correndo por ela, o vulto ordenou:

— Agora é a sua vez. Seja um bom menino e agarre ele!

Como uma fera faminta se atirando em cima de salsichas jogadas fora, o Rei Henrique pulou em cima de Gunther. O monstruoso cachorro o derrubou e o manteve no chão, enganchando a boca com força no ombro do homem. Na hora em que Watson, Rohan, Wiggins e o embaixador da Espanha correram porta afora, os gritos de Gunther varavam o ar silencioso da noite.

— Bom cachorro — elogiou Alfie, de pé, ao lado do cão, e sorrindo.

CAPÍTULO VINTE E DOIS

Caso encerrado

Com as cortinas da biblioteca abertas, a luz pôde entrar e revelou um ambiente em estado pior do que os meninos se lembravam. O tecido dos móveis estava desbotado, o papel de parede descascava e o piso do assoalho estava muito arranhado. Os Irregulares e o Rei Henrique se esticaram no chão, vendo Carlos fazer alguns truques com o baralho, enquanto Holmes, que tinha tirado o disfarce do embaixador, conversava com o inspetor Lestrade, da Scotland Yard.

Elsa, Watson, Pilar e Madame Estrella estavam sentados no sofá, observando, do outro lado da sala, Gunther, Tara, Christopher e Konstantine serem algemados pelos funcionários da polícia. Pilar e a mãe, ainda caracterizadas, trocaram um olhar significativo.

Depois do episódio da Ponte de Londres, Holmes havia mandado um telegrama ao inspetor Lestrade, que arranjou para que alguns homens estivessem de guarda na mansão. Com Gunther derrubado pelo Rei Henrique e Tara subjugada por Carlos, Ozzie, a pedido de Holmes, chamou os policiais.

Agora, depois de terminar a conversa com Lestrade, Holmes caminhou até o meio da sala e se dirigiu a Gunther.

— Já sabemos tudo sobre a sua operação e sobre os seus planos para a srta. Hoff. Só falta responder uma pergunta: por que você largou Greta Berlinger naquela época? Foi por causa dela? — Holmes fez sinal para Tara, que xingava e se debatia com os policiais que a seguravam.

— Por que estamos sendo detidos? — gritou ela. — Não tentamos matar aquela velha ridícula.

Gunther olhou para ela.

— Querida — sussurrou —, acalme-se. Vou tomar conta de tudo. — E então, virando-se para Holmes, falou: — O meu amor tem uma natureza apaixonada e o temperamento dela combina com isso. Mas nenhum de nós jamais machucaria a srta. Hoff.

Carlos soltou uma sonora gargalhada.

— O senhor deve estar falando de outra mulher, meu caro, porque essa aí — apontou para Tara — cortou a minha garganta só por uns trocados.

Gunther tossiu, na tentativa de desconsiderar a acusação.

— Há 16 anos, tinha negócios em Pretória. Um sócio e eu estávamos jantando no restaurante do hotel uma noite, quando os meus olhos foram bater na criatura mais linda que já vi na vida.

"O meu sócio conhecia a Tara Brown, pelo trabalho dela como médium, e me apresentou. Fiquei fascinado, vendo que o humor dela era do mesmo nível que a beleza. Sempre fui um jovem muito fogoso, e a Greta foi a maneira que encontrei para me estabelecer de um modo respeitável. Mas quando conheci a Tara, sabia que tinha encontrado o verdadeiro amor da minha vida.

"Decidi abandonar Greta, mas queria causar o mínimo de dano possível. Por isso, forjei um afogamento durante uma expedição de caça. Tinha tido muito sucesso financeiro e sabia que ela teria dinheiro para viver da mesma maneira que já estava acostumada. Ao mesmo tempo, também mantinha umas contas que a Greta não conhecia. Esse dinheiro ajudaria a sustentar a minha família nova.

"Eu e a Tara saímos da África do Sul com o Christopher, irmão dela, e nos estabelecemos na Baviera, onde assumi a identidade de Spangler Zweig. Tínhamos uma boa vida. Tara e eu tivemos um filho e vivemos felizes por mais de dez anos. Então, alguns dos meus investimentos começaram a dar errado.

"Já tinha sido informado da nova riqueza da Greta, resultado da descoberta de ouro no nosso rancho, mas não queria incomodá-la. Para arranjar dinheiro, a Tara e o Christopher começaram a fazer seu número mediúnico, com alguns truques novos que sugeri. Nós logo percebemos que o nosso filho, Konstantine, tinha um talento natural para o teatro e acabamos fazendo com que ele fosse a peça central da encenação. O senhor pode imaginar o tamanho da minha surpresa quando, alguns meses atrás, recebemos uma correspondência da Greta, pedindo para marcar uma hora com Konstantine! Mais ou menos nessa mesma época, as autoridades da Baviera estavam nos causando problemas e, então, decidimos nos mudar para Londres. Depois de ficar aqui por algum tempo, conseguimos, através de alguns clientes, que Greta fosse apresentada a Konstantine. Acredito que o resto o senhor já saiba." Gunther olhou para Elsa. "Nós nunca quisemos fazer mal algum a Greta. Só queríamos uma parte do dinheiro, que era meu por direito."

— O senhor pode não ter desejado a morte da sra. Berlinger — disse Holmes —, mas o senhor é culpado por enganá-la e também a muita gente, assim como pelo sequestro e tentativa de assassinato da srta. Hoff. Os tribunais vão decidir se o senhor é responsável por mais atos.

— E o meu filho? — perguntou Gunther.

Pela primeira vez, Konstantine estava visivelmente amedrontado.

— A Justiça também vai decidir o destino dele — respondeu Holmes, secamente.

Nessa hora, Tara se virou e tentou morder o policial que a segurava.

— Já chega — anunciou Lestrade. — Tire esses vigaristas daqui.

Depois que a sala esvaziou, Elsa disse:

— Preciso lhe agradecer, sr. Holmes... aliás, a todos vocês. Tenho certeza de que não teria sobrevivido a esse calvário sem vocês. — Ela sorriu para Wiggins, que se curvou.

Holmes deu aos meninos um cumprimento com a cabeça. Ozzie esperou pelo elogio que esperava que viesse, mas não saiu nada.

Em vez disso, Holmes caminhou até onde estavam Pilar e Madame Estrella.

— Obrigado. O desempenho que vocês tiveram como aristocratas espanholas esteve no nível dos melhores teatros do West End.

Madame Estrella fez uma reverência. Pilar corou. Talvez ainda houvesse alguma esperança para o Mestre, pensou.

Wiggins olhou para Ozzie e deu de ombros. O jeito vago de Holmes e sua inconsistência com os elogios às vezes eram mesmo frustrantes, mas Wiggins já estava acostumado. Ozzie sabia que o Mestre era assim mesmo, então, por que ele parecia tão decepcionado?, pensou Wiggins.

Antes que Holmes pudesse dizer mais alguma coisa, Alfie interrompeu.

— E o Rei Henrique? Se não fosse por ele, o Gunther teria escapado.

Rei Henrique pareceu entender que estava na hora de se mostrar para a plateia e se levantou.

Holmes fez uma careta e se aproximou do cachorro.

— Mas é claro. Rei Henrique, você demonstrou ser um ótimo caçador. — Holmes deu um tapinha na cabeça dele, como cumprimento, e o examinou mais de perto. Depois, ele se virou e se dirigiu a Alfie. — Meu pequeno, parece que você vai ter que mudar o nome desse lindo animal.

Alfie e os outros jogaram um olhar enigmático a Holmes. Sem avisar, o detetive deu uma gostosa risada, o som mais estranho que já o tinham visto emitir.

— Na verdade, o rei é uma rainha. Com certeza.

Os garotos também riram.

— Quer dizer que o Henrique é uma garota? — perguntou Alfie, em um misto de surpresa e decepção.

Wiggins riu.

— Sendo assim, acho que isso faz dela a primeira garota da gangue.

Pilar olhou duro para ele.

Holmes fez que sim, enquanto analisava as características do cachorro.

— Me diga, rapaz, onde é que você a encontrou?

— Ele... é... quer dizer, ela estava abandonada no rio Tâmisa. O pessoal de lá dizia que pertencia a um vagabundo que se afogou.

— Duvido muito — disse Holmes. — Essa cadela é uma terra-nova, um cruzamento do cão de montanha dos Pireneus com o Boarhound, usado para caçar javalis. A julgar pelas pintinhas marrons na língua, ela pode ter mais uma ou duas raças misturadas no sangue. — A essa altura, ela tentou dar um beijo melado em Holmes. Ele recuou rapidamente.

"Os terra-novas são excelentes nadadores", continuou Holmes. "Eles têm um histórico em resgatar seres humanos que estejam se afogando. Uma raça leal como essa certamente jamais deixaria o dono se afogar. Esse belo espécime provavelmente estava no Tâmisa, patrulhando à procura de algum barco afundado. Se não estou enganado, a polícia emprega um cão exatamente como esse para esse tipo de trabalho."

Alfie estava de queixo caído.

— Quer dizer que nós não vamos poder ficar com ela?

Holmes deu a Alfie um sorriso simpático.

— Isso quer dizer que temos que tentar encontrar o verdadeiro dono dela. Mas essa busca pode esperar até amanhã.

Alfie deu um tapinha na cabeça do Rei Henrique. Ela, por sua vez, aninhou a cabeça no colo do menino e ficou com a língua de fora.

CAPÍTULO VINTE E TRÊS

Ozzie se despede

No dia seguinte, Pilar e a gangue se juntaram em volta da lareira do Castelo. Com os xelins que o Mestre havia pago, mais o guinéu que Alfie ganhou por ter encontrado o lenço de Gunther, Wiggins preparou um generoso almoço de faisão com batata assada. Mas ninguém estava com muita fome.

— Não consigo acreditar que você esteja indo embora, Oz — disse Alfie, enquanto acariciava a Rainha Elsa (o antigo Rei Henrique).

— Você vai voltar depois que encontrar o seu pai? — perguntou Rohan.

— *Você* voltaria, se encontrasse o seu? – perguntou Elliot.

Rohan sabia a resposta e de repente se sentiu um parvo por ter perguntado. Mudou de assunto.

— Lembra daquele dia no circo, Oz, quando você congelou na hora de subir até a corda bamba? Você estava segurando aquela vara com tanta força que a gente pensou que jamais desceria.

— Vou sentir falta de você lendo as histórias para a gente — acrescentou Alfie. — Um de nós vai ter que aprender a ler.

Ozzie ergueu a mão, protestando.

— Por favor, não fiquem tristes por mim agora. — Ele tinha aprontado a mochila com um pouco de comida, um lençol, a foto da mãe e uma velha revista *Strand*, que trazia uma das aventuras do Mestre. Pelos bolsos e nas outras partes do corpo (inclusive nas meias e no chapéu), havia distribuído todas as suas economias. Um novo mapa se encontrava no bolso do casaco.

Pilar e Wiggins tentaram pensar em alguma coisa para dizer, mas não conseguiram.

Ozzie preencheu aquele silêncio desconfortável.

— Pretendo pegar o trem de Paddington para Banbury. É de lá que são os meus pais e é lá que vou começar as minhas buscas. Se a minha tia-avó estiver viva, vou encontrá-la. E ela vai saber alguma coisa sobre o meu pai, vocês não acham? Ela deve ter algum tipo de pista.

Ninguém sabia o que dizer. Finalmente, Pilar falou.

— Tenho medo que, se ela não souber nada sobre o seu pai, a decepção seja grande demais. Você não devia se animar muito, Ozzie. Não faz bem para os pulmões. — Ela nem tentou mascarar sua preocupação na voz.

Ozzie assentiu, pensativo.

— Se a minha tia-avó Agatha não souber de nada, pelo menos vou ter visitado a minha última parente conhecida.

— Mas se ela souber de alguma coisa — disse Wiggins, com muito tato —, aí você vai ficar lá de vez?

Ozzie olhou para o amigo.

— Mesmo que ela esteja viva e algum dia encontre o meu pai, vou voltar para visitar vocês. Prometo. E quem é que pode saber? Nem sei se ele vai me querer. Quando a minha mãe ainda estava viva, ele nunca tentou me localizar. Mas, aconteça o que acontecer, preciso fazer essa viagem. — Ozzie colocou a mão no ombro de Wiggins. — Você entende, né, meu amigo?

Wiggins fez que sim. Ele sabia que, se estivesse no lugar de Ozzie, faria a mesma escolha.

Pilar lhe deu um abraço. Pela primeira vez, ele não resistiu.

Depois, Ozzie deu adeus aos rapazes.

— Foi uma honra trabalhar com vocês.

Um por um, os Irregulares caminharam até onde ele estava e lhe deram um tapinha nas costas ou o cumprimentaram. Elliot lhe deu um soco leve no braço.

— Que o vento esteja a seu favor, meu amigo.

Ozzie sentiu um nó na garganta.

Wiggins tentou levantar o astral, tanto o dele próprio, como o dos outros. Com a mesma segurança jovial que ele levava para o seu desempenho na rua, olhou para aquela turma solene de meninos.

— Rapazes, a gente sabe que o Oz é um cara urbano. E só existe uma grande cidade no país, que é essa onde a gente mora. Ele vai voltar. Vocês vão ver. Além disso, vai sentir falta de trabalhar para o Mestre.

Com isso, Ozzie pegou sua mochila e se dirigiu à portinhola.

— Lembrem-se, rapazes — disse ele, virando para encará-los pela última vez. — Nada de novo ou de importante acontece sem que antes haja uma aventura. Nesse sentido, temos muita sorte. Todo dia é um novo dia para a gente. Todo dia é uma aventura.

Fatos e guia prático para o aspirante a detetive

GLOSSÁRIO DE GÍRIAS

Bala: dinheiro (página 18)
Fazer você quicar: deixar você com raiva (página 18)
Parvo: burro (página 18)
Sapo grande: cachorro (página 24)
Bons trapinhos: boas roupas (página 60)
Girino: criança pequena (páginas 67, 104)
Nó nas tripas: medo (página 75)
Sua língua é maior do que a boca: muita conversa e pouca ação (página 82)
Nobs: pessoas da classe alta (página 82)
Purulinha: inferior (página 82)
Maciço: excelente (página 82)
Cabeça-oca: idiota (página 104)
Chispa daqui: vai embora (página 104)
Ficou biruta: enlouqueceu (página 105)
Lambidinha: olhadinha (página 106)
Pinçar: roubar (página 118)
Energúmeno: idiota (página 147)

A ARTE DOS DISFARCES

Maquiagem

O detetive tem que ser uma espécie de camaleão, capaz de mudar de aparência para interpretar uma ampla gama de personagens. Um ponto fundamental da arte dos disfarces é a maquiagem. Observe que, na história que você acabou de ler, Sherlock Holmes, com algumas técnicas simples, é capaz de transformar seu rosto pálido e macilento em um rosto cheio de vida de um diplomata espanhol bigodudo. Com as devidas ferramentas e um pouco de prática, você será capaz de fazer o mesmo.

Algumas alterações cruciais para se levar em consideração são:

Próteses (narizes, orelhas e maxilares falsos): Para aumentar qualquer dessas partes, use massa moldável macia e modelável. Certifique-se de fixá-la nas regiões ao redor da característica que você esteja alterando, cuidando para não aparecer uma linha no lugar em que ela foi juntada. A massa moldável é mais convincente do que próteses compradas em lojas, que quase nunca resultam numa réplica perfeita. Essa massa também pode ser usada para fazer sinais, espinhas, verrugas, lesões e outras imperfeições de pele. Dependendo da lesão, uma pintura cosmética talvez tenha que ser adicionada.

Pelos Faciais (bigodes, barbas, cavanhaque, barba por fazer, sobrancelhas, pelos no nariz e nos ouvidos): Aqui, o truque é encontrar cabelos adequados, da mesma cor e da mesma textura. Guarde mechas de cabelos cortados e peça a parentes e amigos para doar cabelos para a sua caixa de maquiagem. Lembre-se que é fundamental que a cola ou a fita que prende esses pelos fique invisível. Para simular uma barba por fazer, o carvão pode trazer bons resultados.

Cor da Pele: Para escurecer ou clarear a pele, podem-se aplicar ruges e pós — o ruge para escurecer e talco ou pó de arroz para clarear. É uma boa ideia colecionar uma ampla gama de tonalidades diferentes. A aplicação pode ser feita com os dedos, pincéis de maquiagem e esponjas. As mulheres normalmente têm um bom suprimento desse tipo de produto, portanto você pode pedir um pouco à sua mãe ou à sua irmã. Os cosméticos e os instrumentos de aplicação podem ser comprados em qualquer farmácia de qualidade. Assegure-se de evitar pinturas faciais, que tendem a ser mais berrantes e se parecem mais com uma fantasia do que com um disfarce adequado.

Formato do Rosto: Ruges e pós também funcionam bem para engordar ou emagrecer o rosto. Para engordar, "pinte" círculos cor-de-rosa discretos nas bochechas. Para afinar, aplique ruge em longas pinceladas logo abaixo do malar.

Cicatrizes e Rugas da Idade: Para simular os traços da idade de uma pessoa mais velha ou mais vivida, use um lápis para olho cinza claro e siga os vincos naturais do rosto (linhas do sorriso que se inclinam para baixo, a partir dos cantos da boca; pés de galinha nos cantos externos dos olhos; linhas do cenho, entre as sobrancelhas, e rugas de preocupação na testa). As cicatrizes também podem ser feitas com delineador. Escolha um cor-de-rosa avermelhado para simular uma casca visível de cicatriz. Para cicatrizes realmente impressionantes, use massa moldável (pintada de cor-de-rosa avermelhado) para dar um efeito mais forte.

Caixa de Maquiagem: Uma caixa de sapatos ou de charuto são boas escolhas para ser a caixa de maquiagem de um detetive. No entanto, caixas de pesca com várias gavetas são uma alternativa ainda mais incrementada. Observe que qualquer coisa com uma alça pode ser útil na hora de viajar e uma boa fechadura também ajuda a evitar derramamentos e danos.

O mais importante de tudo é que, ao desempenhar o papel de outra pessoa, acredite em si mesmo. Se você não acreditar, os outros certamente não irão. E lembre-se: Seja inteligente, estude bem o seu papel e seja convincente!

MÉDIUNS VIGARISTAS

Qualquer aspirante a detetive que valha o seu chapéu estuda as histórias de crimes que aparecem nos noticiários. Através desses estudos, os detetives aprendem os padrões e as características de determinados tipos de crimes, que os ajudam na hora de resolver futuros mistérios. Como aconselhou Sherlock Holmes: "Tranque-se na sua casa por três meses e leia os anais dos crimes. Tudo vem em círculos, até mesmo o professor Moriarty. (...) A velha roleta gira e a mesma casa aparece de novo. Tudo já foi feito antes e voltará a ser feito."

Assim sendo, o que se segue são trechos clássicos de fraudes sobrenaturais, farsas espíritas e médiuns vigaristas, para a sua educação e diversão.

Madame Zingara: Médium e leitora de bola de cristal, Zingara descobria os segredos mais secretos de seus clientes e então os chantageava. Durante uma leitura, ela fazia perguntas inteligentes aos clientes e extraía informações comprometedoras; depois, ameaçava expor o cliente, ou a sua família e outras pessoas, se não pagassem uma bela soma em dinheiro.

Edgar Zug e Sarah McBride: Esse casal espírita, sempre de trajes pretos, fraudava os clientes durante as sessões falando que eles tinham sido amaldiçoados. Eles ameaçavam os clientes, dizendo que eles teriam mortes dolorosas e escabrosas nas mãos dos espíritos e que a única chance de sobrevivência seria pagar para os demônios irem embora. E as pessoas efetivamente davam as economias de uma vida inteira a Zug e a McBride para se livrar das maldições.

Florence Cook: Essa médium tinha a fama de invocar e materializar o espírito de Katie King, a suposta filha do famoso pirata Capitão Morgan. Cook desaparecia no armário dos espíritos (um tipo de móvel parecido com um guarda-roupa ou um tecido pendurado no canto de uma sala) e, depois de entoar uns cânticos, o "espírito" de Katie King aparecia em robes flutuantes. Os visitantes recebiam ordens de não tocar nela, porque isso ofenderia o espírito.

Tanto Cook como a mulher que representava o espírito de King eram jovens, bonitas e chamavam muita atenção pelo trabalho que faziam (além do dinheiro que ganhavam). Aliás, sua arte ganhou tanta notoriedade que capturou a imaginação do famoso cientista vitoriano Sir William Crookes. Ele alegava ter investigado Cook completamente e jurava pela autenticidade de seus poderes. Alguns dizem que Crookes foi enganado. Outros, que se apaixonou por Florence Cook ou pela mulher que interpretava Katie King. Até hoje existem fotografias mostrando a "aparição" de Katie King para a médium Florence Cook. Hoje as pessoas acreditam que, na verdade, elas eram irmãs.

COZINHA VITORIANA

O que os detetives e os demais cidadãos comiam

Frutos deliciosos do mar, da terra e do ar compunham a alimentação do final da Inglaterra vitoriana.

Os vitorianos ricos se esbaldavam com refeições longas e opulentas. Não era raro que um jantar tivesse até sete pratos, com três a cinco opções para cada um deles. Uma refeição como essa incluía sopa, peixe, galinha, *entrée*, o prato principal, caça, doces (uma sobremesa fria) e sobremesa em si.

A cozinha vitoriana também tinha um sabor internacional, tendo sido especialmente influenciada pelas culinárias indiana e francesa. O molho de curry era comum e refeições mais chiques incluíam um prato francês como uma das opções de *entrée*.

Imagine um prato à parte de nadadeiras e miolo de tartaruga com molho, ou a clássica torta de pombo, feita de uma mistura de alcatra, pombo, presunto, manteiga e ovos numa massa folhada. Ou o maravilhoso conjunto de aves: as mais comuns, como frango e pato, mas também galinhola, faisão, perdiz e galo silvestre. E também as ostras: cruas, cozidas ou empanadas em tortas. Na verdade, havia tanta ostra que elas eram consideradas um prato pobre.

E não nos esqueceremos dos pudins, que eram acepipes cozidos em fogo brando: grãos ou legumes embalados numa bolsa de pano com temperos e cozinhados em água quente ou pendurados em panelas onde a carne era cozida. Pudins suculentos — Yorkshire, de aveia e de ervilha, só para citar alguns — eram servidos como pratos à parte do principal. Pudins doces — de arroz e Manchester — eram servidos de sobremesa.

Até hoje ainda se podem encontrar boas receitas para todos esses pratos, a não ser, talvez, para as nadadeiras de tartaruga. Deliciem-se!

AGRADECIMENTOS

Nossos maiores agradecimentos à nossa agente e grande amiga Gail Hochman; nossa maravilhosa editora, Lisa Sandell; à assistente dela, Jody Corbett; ao diretor de arte Steve Scott; a Anne e Alex Dunn, dois leitores extraordinários; à checadora de fatos Deirdre David, professora emérita de inglês na Temple University; e a Ellie Berger, pelas inúmeras maneiras em que nos deu apoio.

Obrigado também aos nossos amigos e nossa família por aguentar nossos desaparecimentos, e a Ruby e a Levi, pela mágica no nosso dia a dia.

OS AUTORES

TRACY MACK é autora de dois romances muito elogiados: *Birdland*, um dos dez mais da Book Sense, medalha de prata (Honor Book) no prêmio Sydney Taylor e considerado pela American Library Association (ALA) um dos melhores livros para jovens adultos; e *Drawing Lessons*, considerado pela *Booklist* um dos dez melhores romances de estreia e finalista do prêmio NEXT da *Teen People*.

MICHAEL CITRIN é advogado e fã de Sherlock Holmes desde a juventude.

Juntos, Tracy Mack e Michael Citrin são os autores do primeiro livro da série Sherlock Holmes e os Irregulares de Baker Street, *A Queda dos Incríveis Zalindas*, finalista do prêmio Agatha. Eles são casados e moram no oeste de Massachusetts, com seus dois filhos.

Este livro foi composto na tipologia Sabon LT Std Regular, em corpo 11/16, e impresso em papel off-white 80g/m^2 no Sistema Cameron da Divisão Gráfica da Distribuidora Record.